·长篇小说·

落槌

金牛／著

新星出版社 NEW STAR PRESS

图书在版编目（CIP）数据

落槌 / 金牛著． -- 北京：新星出版社，2021.9
ISBN 978-7-5133-4644-3

Ⅰ．①落… Ⅱ．①金… Ⅲ．①长篇小说－中国－当代 Ⅳ．① I247.5

中国版本图书馆 CIP 数据核字（2021）第 172886 号

落　槌

金　牛 著

责任编辑：孙志鹏
特约编辑：孙　莉
责任校对：刘　义

出版发行：新星出版社
出 版 人：马汝军
社　　址：北京市西城区车公庄大街丙3号楼　　100044
网　　址：www.newstarpress.com
电　　话：010-88310888
传　　真：010-65270449
法律顾问：北京市岳成律师事务所

读者服务：010-88310811　　service@newstarpress.com
邮购地址：北京市西城区车公庄大街丙3号楼　　100044

印　　刷	北京盛通印刷股份有限公司
开　　本	710mm×1000mm　　1/16
印　　张	18
版　　次	2021年9月第一版　2021年9月第一次印刷
书　　号	ISBN 978-7-5133-4644-3
定　　价	49.80元

版权专有，侵权必究；如有质量问题，请与印刷厂联系调换。

写在前面

　　金牛，三十余载职业女法官生涯，从穿戴肩章大盖帽的法官制服，到披法袍佩华表天平徽章、执法槌敲响，半生与共和国改革开放后的司法事业一起成长。带着理想憧憬，埋头于案件卷宗，办理过诸多民商事刑事案件，从争水争地的民事纠纷到重大死刑案件，努力在每一个案件中实现公平正义。

　　一路走来，并挽手志同道合的法律人，倾注心血和智慧，共同践行司法改革，经历了当代中国司法审判里程碑式的发展。深切感受，当代中国是法律人恰逢其时的时代。国家在全面改革，声声疾唤法治保护，大量案件涌向法院，司法在现实中对中国社会发展的影响处于史无前例的高度。

　　这个时代的法律人是艰辛的，他们要办理大量案件，承受着不断督促自己的巨大压力；这个时代的法律人又是幸运的，他们推动了司法改革，让古老的审判有了崭新的理念和面貌；这个时代的法律人更是值得书写的，他们执法于时代重托，以强烈的家国情怀，维护着国家改革开放的法律秩序。

　　感怀之际，动笔以此书记载那些刚刚过去的波澜起伏的岁月，致敬在每一个司法案件中贡献自己的智慧才华和毕生精力的法律人，致敬我们共同的回忆！

　　我们在法庭圣地，以正义之力和法律之名将法槌高举，而后坚定地落槌！

2021 年 8 月 12 日

/ 目 录 /

第 一 章	初夏的河水	1
第 二 章	不能错位的人生	29
第 三 章	烦恼与诱惑	53
第 四 章	无鱼之水	71
第 五 章	散落的证据	93
第 六 章	游走的边缘	125
第 七 章	风从各方来	141
第 八 章	难以说明白的爱	161
第 九 章	生活的风景	185
第 十 章	新的团队	203
第十一章	喜欢的模样	221
第十二章	掬水见心	237
第十三章	岁月不如歌	247
第十四章	真水无香	263

第一章

初夏的河水

一

汪如琪家离市法院很近。在汪如琪小时候的记忆里，最特别的地方就是市法院大台阶两侧的布告栏。布告栏是木制橱窗式的，里边总是并排贴着好几张布告，长条日光灯在布告栏顶部散发着淡蓝色荧光，布告上大大的红叉被照得醒目瘆人。总有一些男人在那里安静地看布告，要挪步时稍微侧动一下，身旁的人立刻领会，两边就默契地交换站位。

那时，庆祝重要会议召开的锣鼓声不时在街头巷尾响起，大街上总有高音喇叭在播放样板戏或最高指示，到处充满着兴奋和沸腾。但布告栏那里却是另一个世界。汪如琪有时会在马路对面观望那个地方，那里的气息让她有些畏惧，不太敢走近。那里在真实地讲述着各种抢劫杀人的残暴，公告着罪犯们被判处的刑罚。姓名被打上了红叉的罪犯已被立即执行死刑——站在那里看布告的人或许会边看边思考人身财产安全或者社会正义这样严肃的问题，他们一直很安静。

市法院大楼是城里少有的欧式建筑，高耸浑厚坚实，宫殿一样就势坐落于高处。建筑分主楼和两翼，正中两根罗马柱从地而起擎起四层高的主楼，大门和窗户很高大，顶部都有优雅的弧形，这些许的柔和，给楼体平添了一种不动声色的华美贵气。屋顶是黑色的，外墙立面高过了屋顶，没有传统的屋檐，进入市法院要踏着宽大的石梯不断向上。

汪如琪没想到多年以后，自己法学院毕业会分配到这里工作。第一次踏阶而上进入市法院时，她惊讶地发现高台上的环境竟如此清雅，一块块修剪整齐的草坪围着大楼次第排开，每块草坪中间都有一棵不太高的紫薇树，树干弯弯转转，叶片很小很厚很有光泽，叶边有密密的小齿。紫薇花开时是大院的最美时光，特别是在早上，一嘟嘟嫩粉浅紫的花簇，在微风中婀娜轻摇，小小花朵上点点露珠晶莹闪烁，好像是小公主的钻石头冠，娇弱可爱之态，真让人疼惜。汪如琪很喜欢这个庄重而有诗意的地方。

到市法院工作五年后，最近汪如琪成了有审判资格的法官——她的职业生涯才算真正开始。这以前，她是为法官们讨论案件和开庭审理做记录的书记员，还做了一段时间的助理审判员，在法官的带领指导下办理一些简单案件。

时节是初夏，此时在离省城几百公里以外的一座监狱，一个服刑期满的男人正跟在一位狱警的身后办理出狱手续。他们走出了两重铁门，又走进了一栋两层青瓦小楼，这栋青瓦小楼是这个男人对监狱的第一印象，因为刚入监的人都要在这里接受身体检查，还要脱下自己的衣服换上蓝灰色的囚服。这个男人入监时脱下的衣服已经在这儿静静躺了五年，管理员在格栏上贴着他姓氏的那个地方往下查找，很快就找到了当年他脱下的衣服，衣服有一股明显的霉味。他伸手接过来，动作很迅速地换穿上，感觉仿佛是被剥离了很久的躯壳，终于可以把身体放回去了，这让他格外有舒适感。他把脱下的囚服整齐地叠放在桌子上，现在，他与这里已经交割清楚。

狱警领着他走向监狱的最后一道铁门。监狱四周高高围墙上的哨位里，持枪武警警惕地注视着这一前一后的两人。一张刑满释放的书面通知正从小窗处递到铁门外持枪站岗的武警手里，接着听见一阵抖索钥匙的声音之后，他感受到了钥匙插入锁孔那一刻的轻滑，他甚至捕捉到了钥匙拨转锁芯发出的些微金属声响。终于，大铁门中间的那扇小铁门打开了……他的腿有些不由自主地打战，他使劲抬腿迈过门槛，出了这最后一道门。

现在，在监狱大门前宽阔空旷的坪地上，只有他这个刚刚刑满释放的男人站在那里。一瞬之间，他不再是被警惕的眼睛注视的对象，他似乎有些不适应，他站在那里平复了一下心情，眼前一切都是熟悉的，空气中飘着带花粉味的油菜籽的清香，地里大片的油菜就要成熟，透着淡黄色的荚子很饱满，他饱吸了一会儿新鲜空气，好似已经满血复活。他开始脚步轻快地向家的方向走去，只要大半天时间就可以走到家了。

他走得很急很快，一气儿走了小半天，终于走累了，他找到一个山坡处仰躺下来。太阳暖暖地照着，风慢慢拂过，草地上有牛喜欢吃的三叶草的味道，没有人在旁边监督呵斥，好几年没有这样享受了。他闭上眼睛，打算在这里小睡一会儿。不过，他警觉地听到了一点声响，稍稍抬头看了看，见一个中学生模样的女孩正向他躺的方向走来。女孩走得很急，脸蛋红扑扑的，穿一件花花的衣服，衣服上的花朵随着女孩的身体在晃动。他感到自己的邪性在上升，他要把这朵耀眼的花攥在手里。他知道怎么偷偷接近那女孩子，他就是因为盗窃被判刑的，他很快得手了。

现在女孩似乎昏厥了，看着被他堵上嘴瘫在山坡上的女孩，他开始惊骇自己的胆大妄为，想到这会让自己回到上午才离开的监狱成为强奸重刑犯被关很长时间，他开始像脚下的野草一样慌乱起来。有风吹过来了，带着一点寒凉，是从远处的白水河吹过来的，波光粼粼的河面好比一道闪电划进了他的脑子，他立刻知道了自己想要做的事情。他开始半抱半拖地拽着女孩往河里去，他在河里蹚水走了一段，水流在逐渐变急，女孩也越来越沉。正午的太阳直直地照着他的头顶，汗水快把他的眼睛迷住了，他想在肩头上蹭一下汗，低头那一刻，他的脚变得有些吃不住劲，他趔趄着又走了几步，然后不禁有些迟疑……最终，他还是把手松开了。女孩正在被水带走，但一瞬间他又伸手抓住了她，拖着她往回走。在快到岸边的地方，他把女孩放下来，扯下堵在她嘴里的衣物，转身惊慌地逃离了。不过他很快就被抓获。

第一章 初夏的河水

二

　　这件案子成为汪如琪主审的第一件案件。被告人强奸了被害人又把她推下河，被告认罪，被害人还活着，对于刑事法官来说，这样的案件就算比较简单的。

　　被告的指定辩护人徐律师过来交辩护词。徐律师是一位老牌的法学院毕业生，近年接了好几件有影响的案件，在市里刚刚兴起的律师界有些分量。

　　徐律师把如琪从办公室邀了出来。徐律师脸上五官立体，有一种雕塑感。这天他打着黑底浅金色斜条领带，一身深咖色西装，大背头向后梳，有些上海小开的感觉。这在当时是电影里才有的时髦打扮，如琪甚至被他的着装炫了一下。后来如琪听说徐律师出生在一个资本家的家庭，穿戴一直很讲究，为这在过去也吃了不少苦头。

　　徐律师的年龄比如琪大一辈，完全可以叫如琪"小汪"，但他对年轻的如琪很尊重，一直称呼她"汪法官"。有法学院的毕业生做审判长，徐律师特别高兴，过去几十年他在法学院学的那些知识不大能发挥作用，因为没谁愿意听他说那些。现在看着如琪注视着自己的双眼，他看出来如琪在认真听，他讲的如琪都非常明白，他很高兴，就把专业术语直接用上了。

"汪法官，这个案件的被告有从轻减轻情节，他虽然把被害人拖到河里企图淹死，但最后一刻他悔悟了，把被害人拖回到了岸边，所以没有发生被害人被淹死的后果，这是犯罪中止，法庭应当对这个情节进行认定。"

"我会认真看您提交的材料的。"如琪对徐律师说。这个案件被告强奸犯罪的情况是清楚的，但徐律师提出的这个杀人犯罪中止情节，正是如琪反复看卷仍感到存在不清楚的问题。

案件如期开庭。

第一次坐上审判长座席，如琪感到这个位置很神圣，让人庄重、强大。如琪把身姿挺得很直。

审判台两侧，公诉人、辩护人也已经入席。

市检察院出庭检察官慕青眼睛明亮，眉毛剑一般扬起，自带刚凛正气。慕青指控被告人刑满释放当天强奸未成年人，后又将被害人推入河中企图杀人灭口，罪行极其严重，应当依法严惩。结论简洁，有力，明确。

被告人僵直地站在被告席上，这是他第二次在法庭上受审，和上一次相比，他现在是重刑犯了，脚上多了一副脚镣，这次是在市法院受审，这里有厚重高大的法台，法官和检察官都很年轻。上次他在县法院受审时没有辩护人，这次犯了重罪法庭竟然还为他指定了辩护人，他有些没想到。徐律师来找他问过话了，他认为徐律师是认真的，因为徐律师问的一些问题他自己都感到说不清楚，看起来徐律师就是想要帮自己把这些问题说清楚。他害怕慕青,慕青一看就比第一次在县法院指控自己犯盗窃罪的那位检察官厉害,慕青对他犯罪的指控每一句都让他胆战,慕青扼住要害的诘问,更让他有出不了气的感觉。

"你知道自己犯了什么罪?"

"知道。"监狱里关有强奸犯,犯人自己也分了等级,强奸犯在里边最为人所不齿,而且都是重刑犯,这他知道。

"你害怕被发现吗?"

"害怕。"

"那你想怎么办?"

"我想淹死她,但后来我有些害怕,又把她拖回到靠岸的地方了,我还扯下了堵上她嘴的衣物。"

"你是说你明明知道被害人会告发你,却又不想淹死她了?"

被告的头垂得更低,他觉得回答不了这个问题,徐律师在开庭前见他时也在不断细问这个问题。

"既然这样,你为什么不把她拖上岸?"

"那一段比较陡,石头多,我也没劲了,怕时间长了被人发现,就把她放在靠岸那里了。"

慕青显得胸有成竹,他要更有力地指控犯罪,他请求向法庭展示现场地貌图。平缓的白水河有一处蜿蜒,那里长有一小片灌木,慕青的手指向了那片长有灌木的地方:"这是被害人指认自己上岸的位置,与被告人所说放置被害人的位置不是同一地点。现场附近也没有发现被告人所说被他扯下的堵嘴衣物。"

"流动的水和被害人清醒后下意识的挣扎会使她发生位移,扯丢的衣服轻薄，也会被水带走。而且被害人也说到，她清醒后发现堵住嘴的衣物没有了。"徐律师立即表示异议。

　　被害人有短暂的昏厥，不能说清楚那一刻发生的事情，究竟是被告人将被害人推入河中杀人灭口，被害人清醒后挣扎自救才侥幸存活，还是被告人将被害人拖回到靠岸处才避免了被害人死亡结果的发生？徐律师提出被告人有中止犯罪行为，但没有充分证据支持，慕青虽然根据现场情况进行了驳斥，却也不能完全排除存在中止犯罪行为的可能，之后慕青和徐律师又进行了几轮激烈交锋，汪如琪感到还是定不下来。不过如琪已经做出了决定，她站起来宣布："休庭，法庭将进行补充调查。"

　　汪如琪拿起放在法台上的材料走出了法庭。
　　这时太阳正在落下，余晖煌煌，如琪法官服上红色托底金线镶边的肩章，折射出熠熠金光。
　　已经先一步出来的慕青向汪如琪走了过来。
　　慕青对法庭要补充调查感到有些被挑战，脸上带着愠色。慕青也算是市检察院的金牌公诉人了，他提起公诉的案件在这以前，还没有发生过法庭要补充调查的情况。开庭前，他对被告所说有犯罪中止的情节也在证据上做过认真分析，被害人自救上岸地点与被告人供述的放置被害人地点不一致，现场也没有发现那件堵嘴的衣服，特别是公安让被害人对被告进行过辨认，被告人知道被害人还活着，他自然地要抓住被害人还活着这一点为自己制造有利机会。慕青感到自己做出的判断是合乎逻辑的，也是周全的。

该调查的都已经调查了，没有遗漏，他很自信。

慕青大学毕业到检察院工作也有几年了，他是学经济的，但当年毕业统一分配时，检察院急需要人，他就被分配到了市检察院。他始终有些耿耿于怀，觉得自己不喜欢这类太过严谨规范的工作，但在这里作为公诉人起诉犯罪分子，有一种惩恶扬善的痛快，他的性格中有这样一部分，那是一种强烈的正义感，这促使他沉下来好好学习了几年，在职拿到了法律研究生学位，现在他是处里的业务尖子。他知道汪如琪是市法院的小名人，大家都看好她喜欢她，觉得她就是一个好法官苗子。今天他出庭汪如琪主审的案件，对她作为新手显示出的沉稳风格很认同，但他还是有些不爽，汪如琪似乎要站在辩护人的立场为被告人找到证据。

"审判长，被告人的中止犯罪行为并没有证据支持。"

"法庭需要把证据与现场的关系了解得更清楚一些。"

看着这个和自己年纪差不多的检察官，汪如琪诚恳地做了回答。虽然与慕青是第一次一起出庭，汪如琪的内心还是很欣赏这位很有正气的检察官的。

慕青感受到了汪如琪平和语气中的坚持，他目光灼灼地对汪如琪说："对一个出狱当天就强奸杀人的犯罪分子，一定要证实他是不是有那么一丝悔意吗？"

"还是等法庭补充调查后再说吧。"汪如琪的话语依然很平静。

"那好，等你的消息，不过希望能快些。"慕青觉得汪如琪还没有脱掉学生气，有些可爱和信条似的坚持，在她没搞明白之前，你很难与她沟通。他有些无奈，告辞走了。

三

汪如琪带着书记员程红来到了白水河。发生案件的那一段离附近的村子还远，河两岸看不见人家，白水河看似平静宽远，靠近岸边的河水流动比较平缓，但主水流其实还是比较汹涌的。他们在当地干部陪同下来到了长着许多灌木的那一段河湾附近，被害人指认自己清醒后就是从那里上岸的。那一带的河岸边确实有一些露出一截的石头，地势也比较陡一些。与被告人说到的地貌是符合的。

三人走下河滩踩在没过脚踝的水里，走了十来步，如琪从自己随身的包里掏出一条毛巾扬起扔往河里，她的力气不大，扔得并不远，毛巾在缓缓流动的水里忽上忽下漂了一会儿，从灌木丛那里冒了出来，然后就挂在那里，一时间也没被水冲走。程红看明白了如琪的实验答案。

他们又往前走了一段，水流变急了，不能再走了，三人停了下来。那位当地干部介绍说，这条河在雨季时水势很猛，大木头都会被冲到下游去。

"会被冲到岸边吗？"

"不会。因为这个弯道的推挡作用河水往下流得很急。"当地干部肯定地说。

第一章 初夏的河水

这时程红把自己挎包里的东西全部掏了出来交给那位当地干部拿着,然后使劲把空挎包扔往河中心,就见河水波澜不惊地卷涌着,挎包很快不见了踪影。实验结果证实了当地干部的说法,如琪感到心里有底了,案件发生那段时间正好是雨季,如果被害人被推到河水中流,肯定就会被水卷走,并不会被冲到河湾处,即使徐律师证实不了被告把被害人拖到了岸边,慕青也证实不了被害人在已经被推到主河道后怎么会出现在河湾的灌木处。

当天下午,他们去了被害人的家里,如琪希望女孩能到现场去演示一遍她记忆中的情形。

如琪他们进屋好一会儿才适应了屋里的黑暗。女孩在房间里坐着,目光冷淡地看着一行人进来,他们都很年轻,穿着在城里工作的制服,很神气。过去她好羡慕这些在城里工作穿制服的女孩子,憧憬自己也能有那样一天。

如琪小心地问女孩,清醒后怎样上岸的?如琪希望女孩的描述会有一些细节,对他们看到的水流情况可以有一些补充印证。

女孩沉默了一会儿说,记得起来的已经都说过了。

显然她不愿意再去回忆,她的情绪里有一种屈辱的愤怒。如琪放弃了要女孩子到现场的打算。

汪如琪和程红到了看守所再次提审被告。汪如琪想知道,如果徐律师的辩护成立,被告为什么会突然改变了杀人灭口的想法,转念把被害人拉上岸,那地方虽然偏僻,但视野开阔,在远处也能看见河面,是不是正好有人出现让他害怕了,抑或还有其他原因，被告究竟是逃跑还是悔意？

被告人的历次交待都在桌上，汪如琪不用翻看，都在脑子里。她让被告把当天作案的经过再讲一遍，她要观察被告，在脑子里对被告交待的每一个细节进行对比过滤，然后再次对他交待的真实性做判断。到过现场之后，现在如琪对切入关键点寻找动机心里就很有底了。

被告人在提审室的椅子上坐着似乎比法庭上自在一些，说话也比较流畅了。

"你当时为什么又拖着她往回走？"

"我在低头擦汗的时候看见她的身体被水浸透了，衣服紧贴着她，显得好瘦小，我女儿也十多岁了，个子好像和她差不多。这时，我觉得自己的腿在发软，差点也要被水冲倒，又走了几步站稳后我还是松开了手，看着她被水带走，但我又赶快伸手抓住了她，我也不知道自己是因为害怕了或是可怜她。后来我就拽住她往回拖，到快靠岸的地方我把她放下，就赶快逃走了。"被告人眼睛和声音里确实有迷惑。

"这个时候周边有人出现吗？"如琪问得直接明确。

"我对这一带还是比较熟悉的，寨子离那里还比较远，没有什么人家。两岸有一些很深的洞，不容易被发现，曾经有牛掉进去过，所以也很少有人来这里，我原先为找寻丢失的牛来过。当时差不多是农村吃午饭的时间，两岸我看了的，都没有人。"

被告人对周边环境的描述是符合实际的。

"你既然怕她告发，丢在洞里不是更省事？"汪如琪虽然觉得这样问很残忍，但她想看看他会怎么回答。

"那时候心里很慌张，只想着赶快弄死她，那些洞要想找的时候还不一定能马上找到，所以我就拖着她往河里走。"

如琪认为，他的供述符合当时的心态，也没有隐瞒他想杀害被害人的动机，应当是真实的。

提审结束后汪如琪让程红讲讲自己的看法。

程红是那种心思缜密的人，虽然大学毕业才两年，但工作很用心，善于思考，有自己的见解。不过他的身份是书记员，所以如果如琪不主动问起，他就不会多讲。

"从白水河的水流走向分析，主水流汹涌，当时又是汛期，如果把被害人推入主水流，被害人那样瘦小的身体必然会被河水卷走，一定不会出现在河湾处。所以反向推理，合乎逻辑的解释应该是被害人处于浅水区，由于水流的推动和被害人苏醒后下意识的挣扎才会漂浮到河湾处。"

程红的分析与汪如琪的分析逻辑是一致的。如果把被害人放到主水区，水流的力量肯定就会将被害人卷裹带走，这是白水河的水势决定的。没有其他要补查的工作了，现在汪如琪觉得很踏实。她约了慕青见面。

四

慕青准时来到了汪如琪的办公室。

办公室比较大，有七八张办公桌，两张或三张办公桌拼在一起。几乎每张桌面上都有一块厚玻璃放在桌面中心。这是办公室的标配，慕青自己也有这样的玻璃台面，是他刚到单位时作为办公用品发的，但他觉得没什么用，也就这么摆放在桌面上了，至今玻璃台面下压着的就是几个常用的电话号码。

慕青在与汪如琪办公桌对拼的那张桌前坐下，这张桌子的玻璃板下压着几幅金发美女的电影海报，慕青有些诧异，觉得这样的情趣表达，与这个环境很不融洽。慕青又饶有兴趣地抬眼向汪如琪的办公桌面看去，见玻璃板下放的是一幅蓝天大海的画页，海天一色，没有船和风帆。慕青想，这女法官倒深邃可读。

汪如琪把去现场形成的文字材料递给了慕青。

慕青急速地看了一遍，然后又开始看第二遍，有的页面翻得很快，有的却在逐字研读。看得出，他边看边在快速地与装在脑子里的证据材料进行对比印证。他已经敏捷地看到了汪如琪这次调查的最重要部分，就是对白水河现场情况的调查，当地人对水流情况说得很清楚，这样分析的话被害人应当是在下意识挣扎过程中被浅水带到河湾灌木处的。调查取证材料对现场情况有了合理的解释，看来汪如琪丝丝入扣的警觉还是有必要的，慕青在心里默认。

但汪如琪随即感受到了慕青激昂起来的情绪："好，我们且可以认为被告把被害人拖了回来，但是是因为他的良心发现吗，还是另有原因？也许他以为有人来了，也许确实有人就在不远处，而这些因为时过境迁，现在都难以证实。而且即使这样当天假如不是被害人运气好醒了过来，被害人溺水死亡的结果恐怕也难以避免。补证材料对认定被告有犯罪中止行为虽然有合理性，但也有许多不确定性。"

汪如琪诚恳地看着慕青说："不管被告人出于什么样的动机，只要最终避免或减轻了危害后果的发生，就是有意义的，不仅对被告人的量刑有意义，更重要的是对保护被害人有意义，不是吗？"

慕青看着汪如琪有些无奈，觉得她像一个教授喜欢的好学生那样单纯执着，你不能说她不对，但太书生气了。他不打算再说什么，否则他相信汪如琪还会给他讲法理的。他站起身来伸手与汪如琪握手准备离开。汪如琪觉得他有些倨傲，她几乎有些被他自恃真理在手的态度恼怒了，但慕青离开时冲着她微微一笑，竟使她情不自禁地也向他报以了微笑。他的笑太有感染力了。过后，汪如琪这样暗想。

慕青走出办公室时，程红正好进来，程红客气地与慕青点点头，然后将一封厚厚的信递给了汪如琪。如琪看起来很期待，立马把信封拆开了，看了几行就高兴地对摸不着头脑的程红说："柳瑶要来了。"

五

　　柳瑶是汪如琪的大学同学，也是最好的朋友。

　　柳瑶是一个多情的女孩子，看了她的诗，你就能领略她的细腻温婉，了解她是多么会爱人了。那些诗让你以为她已经在热恋了，但她告诉你，并不是这样的，只是喜欢而已——她要用诗歌把这种喜欢写出来。当时的马明明还没有成为柳瑶的丈夫，马明明喜欢写古体诗，柳瑶认定那是侠义之风、英雄气概，对马明明十分迷恋。汪如琪也看过马明明的古体诗，主要是寓山水言志的情怀，比较表象化。所以她诚心诚意地对柳瑶说，你的诗在马明明之上。大学毕业时，柳瑶为了爱情浪漫地到马明明那儿去了，那是西北的一座小城市，如果不是为了马明明，柳瑶本会分配到一个更好的城市。柳瑶成为二十世纪八十年代在当地第一个做律师的大学生。柳瑶在法庭上反应机敏，思维缜密，辩风犀利，很快在那座城市出了名，委托人都带着案子指名找她。她对汪如琪说，自己现在处在被委托人推动的旋涡之中，没完没了地忙。

　　柳瑶是和丈夫马明明一块来的。

　　这次是汪如琪和柳瑶大学毕业五年后第一次见面。如琪端详着柳瑶，整个人很精致，着装有些港味，小翻领的上衣卡出了腰线，有些收腿的裤型略略地露出了一段光洁的小腿，显得知性干练。这与向往浪漫爱情的大学生柳瑶已经有了风格上的变化。柳瑶喜欢高品质的生活，无论精神或物质，她总在不断把自己打造成为精品，她也有这个能力。

柳瑶告诉汪如琪，自己与马明明生活的这几年其实很累，她要改变一下这种状况。

虽然听柳瑶讲过无数次，但汪如琪这还是第一次见到马明明。看见马明明的第一眼，汪如琪就找到了柳瑶幸福和痛苦的根源。马明明漂亮，他的眼睛大，睫毛长，鼻梁直挺，嘴唇红润，唇线分明，头发黑而微卷，身材略高，结实却不强壮，在睫毛的阴影下，眼睛显得有几分伤感。汪如琪想，马明明差不多是欧洲十八世纪诗人的风范呢。

柳瑶与马明明在各方面都有很大不同，马明明读了两年的函授大专，在一个贸易公司里做销售，收入并不高。汪如琪想，他们当年要写多少首滚烫的情诗，才能把两个不那么相同的人结合在一起呀！汪如琪还记得柳瑶当年为了马明明去到那个西北小城市之前，为马明明写的一首小诗：

"此刻，
　　就是在最寒冷的极地，
　　我也会凿冰做成我的跑车，
　　用最快的速度驶向你。
　　当太阳把冰融化的时刻，
　　我已和你在一起。"

那时，柳瑶的内心只有炽热的爱情。

柳瑶避开马明明告诉汪如琪，马明明真的很吸引人，他就是许多情窦初开的女孩子喜欢的类型，除了外貌惹人之外，他也特别怜香惜玉。他不似贾宝玉那样有一些女性的阴柔，与女孩子有那种姐妹似的感情，他恰恰很男人，很帮女孩子，总有女孩子即便知道他已经有妻子孩子，可还是喜欢他。他虽不越界，却也不狠心拒绝。

柳瑶有些忧伤地说："如琪，我不知道在那里以后会有什么让我和孩子难以面对的事发生，我现在想到一个大一些的地方去生活，在那样的地方，也许有的事情就不会变得那么显眼重要了。我是母亲，有一种为了孩子甘愿负重的快乐，哪怕在一个新的地方从头开始，我也愿意为孩子做任何付出。"

如琪知道柳瑶是一个敢做决断的女子，就像当年为了爱情她敢于不顾一切去追求一样，如琪也相信为了孩子柳瑶也会毅然决然放弃。但要放弃有了一定事业基础的城市，在另一个地方重新开始，一定要吃很多苦。如琪很感叹，一个骨子里那么浪漫骄傲的柳瑶，也会那么刚烈和隐忍，不怕把腰弯到尘土里。

马明明说话风趣，亲切自然，与第一次见面的如琪毫无距离感，仿佛他就是与如琪相知多年的柳瑶。马明明说要好好慰劳一下两位优秀的女士，要如琪带着他们在外面就餐，而且抢着把单结了。如琪觉得马明明真的很有绅士风度。

柳瑶的目的地是深圳，她邀如琪一起去深圳看看。如琪也有些心动，因为好些熟悉的朋友也到了那里。她不太清楚特区意味着什么，与自己现在的生活会有什么不同，但她觉得那里有她喜欢的节奏，朝气蓬勃，她确实很想去看看。不过男朋友洪阳刚办完调回省城的手续，这几天就要回来。

柳瑶只好笑笑说："你等着团聚吧，甜蜜的小东西。"

只在一起待了一天，柳瑶夫妇就匆匆离开了。第二天，如琪到火车站送他们。

停在站台上的这趟开往广州的列车格外热闹，认识不认识的人都在聊着深圳、开发、投资，话语里都透着兴奋，还不时冒出几句学说的广东话。车厢里也在播着风头正劲的香港歌曲，如琪觉得这简直就像是开往另一个世界的列车。

离发车还有些时间，卧铺车厢里，如琪、柳瑶坐在一起正聊着，突然听见一个不容争辩的女性声音在她们面前响起："这是我的铺位。"

她在很不客气地驱赶她们。如琪、柳瑶相视一笑站了起来，就像当年在学校里那样配合默契，有意站在一旁，观赏似的看着这位已经走到跟前的女子坐下放包然后大喘气，也看清了她是一位十分青春的女孩。最引人注目的是她的一头及腰长发，飘飘披散。她毫不在意被她驱离的人正在一旁有些嘲笑地围观，突然又探身朝窗外挥着手叫道："这里！这里！"

一会儿，一个男人提着一个大行李箱脚步有力地走进了车厢，如琪看见竟是慕青。慕青放好箱子后那长发女孩拉了拉慕青要他坐下。慕青一转身看见如琪也有些愣了，连忙说："真巧，这是小薇。"慕青的介绍有些含糊，小薇似乎是他的女朋友。一瞬间，某种陌生而且有些鄙视的关系突然因慕青的出现而改变，如琪和柳瑶都觉得有些尴尬。还是柳瑶来得快，说："你的长发让我们吃惊。"

小薇开心地笑了。小薇娇嗔地叫慕青从包里拿出一袋蜜饯递给如琪和柳瑶，她们都被她的孩子气感染了。三个大女孩渐渐聊了起来。慕青在一旁饶有兴趣地看着她们说话。

要发车了，马明明从站台走进了车厢，柳瑶向慕青、小薇介绍了马明明。小薇有些夸张地惊呼："太有诗人气质了！"

如琪一旁看着，与并排站着的慕青相比，慕青虽然自信英俊，但马明明的风流倜傥好像更抢眼。

列车就要开了，如琪有些伤感地与柳瑶告别。小薇也连连挥手在说"拜拜"！不那么幸福的柳瑶和兴奋的小薇朝同一个方向走了。

如琪和慕青一起往外走。

有列车到达了，提着大包小包的人群迅速涌向出站口，慕青护着如琪走了出来。如琪察觉到了慕青的细心，觉得应当表达一下感谢，就对慕青说："小薇的性格很可爱，有些公主范。"如琪说完自己也不知道这算是赞许呢还是有些调侃。

慕青没接如琪的话，而是问如琪："你不想去深圳看看吗？"

"在法院工作的人，在哪里不都是干同样的事？也许经济发展是不同的，但犯罪形态在哪里都差不多。"如琪觉得也不好给他讲洪阳的情况，就这么对慕青说了。

"你去深圳看过吗？"如琪问慕青。

慕青放慢了脚步。

"去过,特区成立不久我就去过,那会儿到处都在搞基建,很令人振奋。我是学经济的也喜欢经济,现在是改革年代,国家经济一定要有大的发展,这是世界经济发展的第三次浪潮,现在没有战争,但市场就好比是战场,是一个体现大智大勇的地方,我觉得自己还是更喜欢经济,这很符合我的性格。"

慕青知道自己是一个有些骄傲的人,也不太喜欢和别人谈抱负,觉得那样有些矫情,别人也不会理解,在旁人看来,他已经值得羡慕了,有这么好的工作,还在那里空谈经济改革和发展,简直有些莫名其妙。但他认为如琪是有职业理想的人,与能理解自己的人谈谈理想抱负,其实很难得,也是一件愉快的事。

慕青的坦诚让如琪感到两人之间拉进了距离。

如琪笑了笑说:"你最好的听众不在这里。不过依我看,一批正直而实干的人对当前的中国最重要,中国将会在各方面发生深刻变化,改革需要大动作,不是吗?我是说,应该是全面的改革。在这样的时代,在每一个方面都需要认真干事的人。在哪里都可以有期待。"微风拂起了如琪柔软的头发,如琪习惯性地把头发往后捋了捋,露出了饱满的额头和满脸的真诚。

天已黑了,朦朦胧胧的路灯下,如琪看见了慕青炯炯的目光,虽然她还不太了解慕青,但慕青给她的印象是一个意志坚定的人。

六

案件在如琪进行法庭补充调查后再一次开庭。徐律师更加坚定地要求法庭认定被告人的犯罪中止行为，慕青提出被害人没有死亡有偶然性，如果当时被害人还昏迷不醒，那么死亡的后果依然会发生，只是正好她醒过来了。而且不能排除现场附近有人出现，被告因为害怕被发现才被迫将被害人拖回的可能。徐律师暗里还是很欣赏慕青周全的逻辑推理的，但现在是法庭审理，没有证据的大前提推理就不能成立。徐律师与慕青进行了激烈辩论。庭审结束后徐律师仍然沉浸在兴奋之中，他对如琪说，自己还从未进行过这么多回合的辩论。

这天下午，合议庭的三位法官要对这件案件进行合议讨论。讨论在庭长办公室进行，庭长也列席。

如琪知道合议庭对这个案件一定会有不同认识。

合议庭成员郑伟杰很放松地端着保温杯在喝茶，他在等如琪的汇报结束。这个案件两次开庭，已经很清楚了。他做了发言，讲了一段简明扼要的结束语："被告刑满释放当天就犯罪，奸淫不满18岁的未成年人，又把她拖进河里企图灭口，犯罪性质情节十分严重。认定被告人的所谓犯罪中止行为并没有意义，在从轻情节方面我们应当基于没有发生被害人死亡后果来考虑对被告人的量刑。"另一位合议庭的成员表示赞同郑伟杰的意见。

郑伟杰几年前从工厂考进了法院,原来在工厂时是车间副主任,在他旁边坐着的庭长与他同年到法院。庭长是六十年代的大学生,原先在市档案馆做档案管理员,调进来的,现在已经是庭长了。郑伟杰原来的职务起点比庭长高,又是考进来的,而且还自学获得了法律本科文凭,但到现在连副庭长也不是,心里很愤懑。大家都知道郑伟杰心里的不满情绪,所以有时他说话让人不舒服也不太计较,庭长对他也如此。

在郑伟杰发言的过程中,如琪思考着自己还要不要再做一次发言,把这个案件中认定犯罪中止的理由和认定的意义再讨论一下,但她看着发言结束的郑伟杰不仅端起了茶杯,还跷起了二郎腿,显然是认为合议庭的讨论已经结束了。

列席合议的庭长很清楚,对这个案件的最后量刑来说,虽然有争论,但在结果上并没有太大的不同。庭长虽然学的是法律专业,但从法学院一毕业就被分配到档案馆工作,这才回到法院没几年,现在被提拔当了庭长,他很看重命运的转机,不希望别人对他的能力有轻视。在当前治安情况还不太好的时期,对犯罪的从轻处罚情节抠太细没必要,否则会被认为太书生气。他知道讲一个人是书呆子,就好比给他贴上了一个干不了大事的符号,他不想自己成为别人眼中的书呆子。

沉吟了一会儿,庭长缓缓地说,这件强奸杀人案是重大刑事案件,应当提交到院审判委员会去讨论。庭长没有直接表态,不过如琪也明白了庭长的意思。

几天之后的一个下午，如琪要向院审判委员会汇报这件案件。主持会议的是清瘦严肃的院长。如琪对院长很景仰，院长公正廉洁智慧，具有大法官的典型品质和才能。

院里最重要最权威的法官们踏着深绿色的地毯进入了会议室，一一落座。会议室不大，四壁都放有沙发，也没有标识，正面居中的座位不言而喻是院长的。其他委员先后进来时，都会找到非常适合自己职位的那个位置，位高资深一些的，就会在院长座位的附近找座坐下，其他的就会选择远一点的位置。偶尔出现一点小的错位时，先到的委员就会友好地站起来，把后到的资深委员让到上座。如琪仔细观察过，觉得每个委员的选位都很符合他的职位。

委员们大多是抽烟的男人，室内的烟雾渐渐多了起来。先进入了会议室坐在汇报席等候的如琪也渐渐亢奋起来，有时她也思忖自己有当律师的潜质，因为她的快速反应和逻辑思维能力很强，能非常敏捷地在别人的发言中捕捉疏漏，推导出问题，而且，这样的时刻和过程于她会有一种强烈的兴奋感、愉快感。现在，如琪觉得自己的这种感觉正在迅速上升。

案件很清楚，需要讨论的就只是要不要认定犯罪中止的问题。在一件重大的强奸杀人案中来研究罪犯有没有犯罪中止的行为，会不会有委员认为这有些不符合当前的形势，在钻牛角尖呢？如琪汇报结束后，心里还是有些不踏实。

一阵安静之后，有委员开始发言。发言在继续着合议庭的两种不同认识。院长一直在听，没有表情变化，仿佛每一个人发言的字句都在一瞬间融进了他的大脑黑洞。院长有这样的本领，一旦他要讲话时，会很精准地把不同观点的重点提出来，他会把最关键的问题摆在大家面前，要大家再进一步讨论。多数情况下，这样的讨论过程就已经把问题厘清了。有时他会要求办案人员进行证据宣读，用证据来统一对争议事实的认定。院长的权威在市法院无人可比，这来自于他的智慧和水平。

会议的讨论已经在充分展开，院长依然不动声色。如琪是院里新近提拔起来的年轻法官，她把案件办得很清楚，而且严格依法的观念很强，院长感到很高兴。此刻，他还不想说什么，因为这个案件提出了在严惩犯罪时对宽严相济刑事政策的把握问题。有的同志不那么敢讲依法从宽，但无论讲依法从严还是从宽，本质上都是一个能不能严格依法办案的问题，正好可以以这个案子让大家都谈谈，统一一下认识，而且以他对自己同事的了解，他认为会议能够形成正确意见，因为有好几位委员的发言已经在从宽严相济的刑事政策的运用上，提出了要实事求是认定被告的犯罪中止行为，讲到了严格执法才会有好的社会效果的认识。

最后，审委会以多数意见支持了如琪的观点。如琪记住了院长的话：对接受审判的人示以法律的公正，也是需要勇气的。她在内心充满了对院长的敬意，因为她知道自己只是把法学院学到的理论讲得更多些，却远远欠缺政策的高度和眼光。

讨论结束了，如琪和庭长一起走出了会议室。庭长涩涩地笑着对如琪说，今天的分析听起来更充分。

第二章

不能错位的人生

一

洪阳调回省城了，在一家杂志社当编辑。

回来后不久的一天晚上，洪阳和如琪一起去参加同学的送别宴，他的一位同学要到加拿大留学。

聚会的小餐厅在马路边上。洪阳和如琪赶到时，里面的气氛已相当热烈。聚在一起的都是大学毕业刚几年的年轻人，但有的已经被提拔当了科长、处长，个个意气风发，踌躇满志。餐厅内还有一些其他食客，有的男人敞胸露怀、脚穿拖鞋，有的女人用发胶将头发盘梳成鸡冠状、手上戴满金戒指，难分是少女还是妇人。洪阳他们这一隅西装革履、眼镜颇多，显得格外不同。

如琪与洪阳一起走进来时，慕青第一眼就看见了她。如琪穿了件浅绯色上衣，白色直筒裤白色皮鞋，十分青春靓丽。慕青也看见了与如琪一同进来的儒雅的洪阳。当然，洪阳也捕捉到了慕青注视如琪的目光。

那位要到加拿大留学的同学过来了，他对洪阳说："老兄，给你介绍一位痴迷改革的鹰派人物，即将赴海南大特区感受新机制的慕青。我们是校友。"

然后对慕青说："这位是研究人类理性和自由幸福的哲学家洪阳。"

听说慕青要到海南，如琪感到突然，尽管她听慕青讲过喜欢搞经济，但却没有想到他真的会下这个决心，而且这样快。她问慕青："是真的？"

慕青肯定地点点头。

如果不是刚看见如琪牵着洪阳的手进来，慕青觉得他或许会去找如琪说说自己的打算。现在海南刚刚建省，是个难得的历史机遇，自己已经错过了深圳创业的最佳时机，再不下决心走恐怕真的会再次失去机会。虽然做决定时他并没有犹豫，但却也真的想听听如琪的意见。要说他们相互熟悉的时间并不长，也非同学朋友，完全可以不用挥手告别说再见，而且他想，假如真这样做了，恐怕如琪也会对他这个甚至还谈不上是朋友的人感到莫名其妙。所以他在期待一次机会，或许是一次与如琪共同出庭的机会，那样他就有可能与如琪交流了。甚至直到已经做出了决定，他也仍然期盼离开之前能有机会与如琪一起出庭。

但就在刚才，在完全没有准备的情况下，他看见了牵手洪阳的如琪。虽然是第一次见洪阳，但看着这个戴着眼镜，有些落拓不羁的男人，他还是有了些敬意，何况决定已经不会改变了。所以，他毫不犹豫地点了点头，算是对如琪的回答。

如琪与慕青在火车站相遇时，虽然已经知道了慕青想转行搞经济，但当慕青突然说要南下海南时，仍然有一种受冲撞的感觉。她悄声问慕青："这么急？"

其实慕青内心也很翻腾，现在他也没法告诉如琪，加快他下定决心的还有如琪不知道的原因。几天前慕青收到一封小薇的来信，小薇宣布了对慕青崇拜的结束。

小薇的来信可以说非常坦诚，她告诉慕青："你对事业的热情和你的雄心壮志，曾那样强烈地吸引我，所以大学毕业后我才会选择深圳，因为那里有你喜欢的生活，而我也可能会在这里开始人生的第一次奋斗。不过到了这里，我才发现，人可以活得多么快乐而且色彩斑斓。我强烈地意识到了自我，意识到有人需要我，正如当初我需要你一样。我感到自己的重要，当有人为我点歌为我歌唱的时候，我体会到了幸福和甜蜜。你可以认为我轻浮，我分析了自己，我想对于甜蜜和崇拜这两种不同的感情来说，甜蜜才是爱情，即使有些庸俗，总比弄错位了好。我不能说我不再爱你，因为我过去的那种情感只是对你的崇拜，只是我的美好臆想，不属于爱，以我的感受，你也并没有把你自己放在其中，所以我想，把你当作好朋友来告诉你我在这里有了一个恋人也许更合适，你会为我高兴的。"

读完信，慕青有一种被抛弃、被嘲笑的愤怒。小薇是慕青大学同学的妹妹，今年刚大学毕业。她家里人都很宠她，她本人也喜欢做公主的感觉。虽然家境并不好，但她父母相信女儿要富养，所以尽量满足她的需求，以致渐渐得恃娇宠很霸蛮，这也是慕青始终拿她当妹妹对待的原因。他也知道小薇和她的家人都很喜欢自己，早就把他看作小薇的男朋友，只是他自己一直在犹豫，却没想到现在一下子被小薇这么狠地甩很远。尽管他内心认为小薇的轻浮中不乏深刻，也许自己确实没有像爱一个女人那样爱她，正如小薇所讲，没有爱过就不能说不再爱。可是一想到小薇很快乐地离开了自己，慕青作为男人的自尊心还是受到了重创。他觉得小薇展示的并不是爱情的得失，她只是爱那里的享受。小薇的离去确实让他有一种急迫感，他想要更好地证明自己。但这会儿，他不能对如琪谈这些。

慕青对如琪说："海南宣布建省成立特区，我就动了去那里的念头。我和朋友一起去考察过，那里的变化和气魄令人吃惊。在那里，你能切实感受到时代发展的脉搏，我喜欢那种振奋的生活。我干吗要在这里成天为那些争水争地、相互斗殴、酗酒后伤害杀人的案件伤神呢？说实话，贫穷和愚昧已经让我受够了。"慕青知道自己没有讲假话，这的确是他的真实思想。

如琪问慕青："你这是逃避呢还是进取？"

"是希望和努力，我要在有希望有目标的地方生活。"如琪又看见了慕青的眼眸在炯炯发光。他好像已经看见了那一片天地，要叱咤风云去了。想着他再不会正气凛然地出现在法庭上，如琪的内心不禁有些怅然若失。

"你要不要我在那边帮你联系学校？你考出去肯定没问题。"这时，那位要出国的同学在问洪阳。

"老弟，你不是要毁了如琪吧？"

"从何说起？"

"她是法院的，据说要离职两年后才能出去，我出去了这两年把如琪忘了咋办？"

"这是你的托词，关键是你那至高无上的自尊、自由原则。"

"你慢慢去体会吧。"洪阳微笑着说。

"那么像慕青一样，往正在搞改革开放的沿海走吧，你本来就不该往省城调的。"

洪阳沉吟了一下说："如果是一次大潮，那它总会涌到这里。"

"别太深刻了好不好。"旁边有人嚷嚷道。

酒瓶打开了，两位就要离开的远行人逐一给大家斟酒。

与如琪碰杯时慕青粲然一笑，如琪看见慕青有一颗尖尖的虎牙。此时的他有一种孩子般单纯的神情，如琪也不禁笑了。慕青感到，如琪的眼睛好似一泓波光涟漪的湖水，湖上有一些缥缈的水雾，隐约有几许离愁，这也立刻感染了他。他颔首无语，举起酒杯一饮而尽。

二

几天后的一个晚上，如琪在家翻看资料，突然想起下午收到的柳瑶来信自己还没看，立马找出来拆看，却还没看完就懵了。柳瑶告诉如琪，马明明和小薇好上了。这怎么可能，他们才认识多长时间？虽然如琪也看出来了，马明明和柳瑶是不同类型的人，但他们从恋爱结婚到现在毕竟也经历了这么些年呀。不过回想在列车上看见的小薇，她那么青春娇艳，又那么任性发嗲，相比之下，居然让一旁依然花样年华而且智慧敏锐的柳瑶显得像一位有教龄的大学老师，让人保持着与她应有的距离，不敢有一些恣意的笑。如琪更不愿意把自己摆进去想象，她怕自己的"教龄"显得更长。如琪有些半信半疑。

小薇是慕青的女朋友吗？虽然当时慕青的介绍有些含混，但以女性的敏感，如琪认为至少他俩正在往那个方向走。既然这样，为什么又会发生这样的事呢？小薇和马明明的认识缘起于这次柳瑶对她的看望之行，如琪认为自己有义务帮助柳瑶挽救婚姻。

慕青还没有离开省城，如琪打听到地址，第二天下午下班后找到了慕青的宿舍。她希望柳瑶来信说的这些就是个误会，因为马明明和小薇都是那种容易被女人和男人喜欢猜妒的类型，但愿是柳瑶的瞎猜测，慕青一定会笑话这个猜测，然后做出信誓旦旦的解释，自己再信誓旦旦地去给柳瑶做解释，让她放下心，平复下来。

慕青住在机关宿舍。看见如琪，慕青很高兴："真没想到你会来！"

如琪环视了一下房间，地上沿墙壁摆了一溜锅碗瓢盆瓶罐，仅有的一张桌子上放着《第三次浪潮》《未来世界构想》《社会学》，还有一面有些惹眼的小镜子，桌上的碗用报纸盖着，有些像大学的宿舍。这一切都很符合慕青留给如琪的印象，他不是一个总待在房间里面的人，他身边的事情都很简单，因为他并不打算在这里停住脚步，更不想被生活中的琐事羁绊，他想要的是一个更宏大的空间。眼下假如不是因为柳瑶的事，在这间桌上有书的安静房间里，如琪倒愿意与慕青有一次有趣的聊天。

慕青觉察到如琪有些情绪不高，就小心地问："你好像有事？"

慕青的关切，倒让如琪一下子不知道该怎么开口了，看着慕青生气勃勃的面庞，回想起他在法庭上的正气形象和骨子里那份不舍得放弃的追求，如琪在心里对小薇叹息地说："这么优秀的人，你真的看不见？"

如琪想了很多对慕青问话的方式，但自己凭什么去打听他人的私密情感呢，这绝不是用问话技巧可以了解到的事情，更何况假如真如柳瑶所说，不挑明了话题是谈不下去的。如琪只好硬着头皮问慕青："小薇怎么回事？"

"我不明白你的意思。"慕青确实不清楚如琪问话的含义，至于小薇和他之间的关系，他觉得如琪不是冲这个来问的。

"因为小薇，马明明要和柳瑶离婚，你不知道？"如琪愤愤地说。

慕青这时才知道是马明明成了小薇的新爱。

对马明明，慕青是有印象的。虽然两人那天就在火车站见了一面，但当时小薇的惊呼，也引起他注意地看了看马明明。确实，像马明明这样漂亮的男人很少见，他的漂亮真的毋庸置疑，而且也只有漂亮这个词才正好符合于他。但是，说一个男人漂亮，似乎不是一个正面的评价，慕青这么想。

如琪还坚持在问："小薇是怎么回事？"

慕青懂得如琪的潜台词，"她不是你的女朋友吗，怎么又去纠缠别人的丈夫？"他知道，如琪不是专门过来羞辱他的，她想知道真相，想让自己代表小薇给出一个解释或道歉。慕青这些天刚刚把过去烧成了灰烬，而现在，当听说小薇的新欢是马明明时，内心的愤怒又让灰烬重新燃起了火苗。马明明不过就是有点模样，以他的感觉并不是有志向的人，从来他都不喜欢和这样的人交往，但不管过去与小薇之间是不是有爱，小薇竟然因为这种人离开了自己，简直是说不出口的羞辱。他冷冷地对如琪说："你想知道什么？"

空气瞬间变得紧张和冰冷起来。如琪看见过慕青的激愤，感受过他的温暖，领略过他的豪情，那些时候她都能被他感染。但此刻，他的冷漠顿时令她不知所措。

没有得到想要的解释和承诺，再问下去只能更加尴尬。如琪只好气愤地转身走了。慕青没有送她，他默默看着她离开，在心里与她告别，他很快就要走了，他知道自己是喜欢这个有些理想主义的单纯女孩的。

三

如琪手上又有了新的案件。这是一件抢劫案，被告人多次伙同他人抢劫，虽然一直认罪，但他的交待很混乱。如琪用一上午的时间总算把问题梳理了出来，下午就与程红到了看守所提审被告。

第二章　不能错位的人生

　　被告二十多岁，他没想到提审自己的竟然是位年轻女法官。她很严肃，但好像很相信人，不会大动肝火地呵斥他，这种平和让他觉得有些不太适应。他经常在公安局的派出所进出，很熟悉那里的人，那里的人也了解他。他们手里攥着他的尾巴，上来就会叫他老实交待这一段干了什么坏事，盯着他的眼睛都很厉害，不错眼珠地看着他。每到这样的时候他就知道自己有事被发现了，但又不知道会是哪一件。不讲肯定是过不了关的，这时他就会找一件偷窃的小事来试探，有时碰上了，被训诫后在笔录上按上一堆手印，然后回去找几样失主报失的物件交到派出所，但有时候讲了半天也对不上，他就会沉默一会儿表示自己在认真回忆，其实他在等着询问的人给他提示。他们会问，你今年夏天在哪里呀，他就知道是夏天里犯的事了，会乖乖地把夏天的事讲了。不过自己装傻的时候他们都看得出来，不耐烦的时候他们会狠狠地踢自己几下，有时候也会很爽气地给自己一根点燃了的香烟。但眼前这么安静地看着他，让他慢慢说的女人他没有遇上过。说女人是不对的，他偷偷地多看了几眼，觉得像姐姐，一位对他好的姐姐，好在哪里呢，他觉得是信任。她似乎相信自己不会说假话，任他在说，有时候也会提醒他前后讲得有矛盾，让他好好想想是哪一次记错了。但被告很快就感觉到了这位女法官的力道，因为她对抢劫的过程都问得很细，几乎取走了他脑子里的所有记忆。

　　程红在一旁做记录。作为一名尽职的书记员，他对起诉指控的案情是了解的。现在被告正在讲一桩他和另外两人一起入室抢劫的作案过程。程红确信检察院起诉书里没有这桩犯罪，这可能是一桩重大漏罪。这时如琪也看了看程红,程红明白如琪是要他格外注意,他会意地向如琪微微点了点头。

提审过后,程红到了被告交待入室抢劫的案发地。当地派出所当年的报案登记本还在,程红查到了一桩时间地点被抢物基本相同的报案登记。程红觉得不虚此行。就在准备离开派出所时,接待他的民警有些没把握地对程红说,这个案件好像两年前检察院来调查过。程红立刻警觉起来,这意味着可能已经有人因为这件案件被追究了刑事责任。如果真是这样,那么被告供述的真实性就存在很大的问题。检察院调查的究竟是不是这件入室抢劫案,这位民警没有十分把握,程红也没有在当地查到有关材料,意外收获却是查到了犯罪嫌疑人供述的两个同案的下落,他们在一年前就因为抢劫犯罪被判刑投入劳改了。

听程红说前面可能有检察院已经调查过这桩抢劫案的情况,如琪也很警觉,是被告人的记忆错误吗?这件事可能有风险,但既然已经查到了犯罪嫌疑人那两个同案的下落,那就应当去核实一下。

如琪和程红坐上了开往监狱的客车。

天真冷,正是三九时节,地势高一点的地方看得见路面上有一层薄冰。车子踟蹰而行,车窗关不严,车内外的温度几乎一样,座位处的铁把手更是透着寒气。如琪的手脚都冻得很疼,特别是脚趾的那种僵疼感更让她想要把脚抱在怀里捂捂。车开了大半天时间,终于到地方了。如琪赶紧进房间找了一个凳子坐下。她悄悄脱下鞋,看见有一个脚趾都变成了紫色,她赶紧用双手搓揉了好一阵,疼痛也没有消失,而且伴随了好多天,如琪这才领教了这种没有暴击没有创口的绵绵疼痛,也是很难捱的。

在监狱档案室,他们找到了那两个同案的判决书。两人被送进来的时间只有一年多,还不算长,判决书上法院大印的颜色看起来还鲜红。两人的姓名年龄家庭住址都符合,但判决书上并没有那桩入室抢劫的事。这三人究竟有没有在一起入室抢劫?如果真是他们一起干的那就是他们的漏罪,依法要被加刑。但这样的话他们会开口吗,如果他们否认呢?此时的如琪确实有些忐忑。

如琪拿起这两人的照片看了看,排在判决书第二位的那个看起来要怯懦一些,他参与的犯罪也都是在第一被告的指挥下干的,就先提讯他吧。

"我的事在法庭上全都交待了。"他进来就先声明。

"你和别人一起干的事也都讲清楚了吗?"

"干部你提醒一下。"他在试探。

既然他在试探,如琪心里就有底了,不管他有没有共同入室抢劫,至少说明他还有没吐完的犯罪。

"你自己可以想清楚的。"

他讲了两件偷鸡摸狗的事,如琪仍然在看着他,没有要说话的意思。

"我知道干部想问什么。"

"你知道我想问什么呢?"如琪也有几分兴趣了。

"我只有一件事没有讲,肯定就是这件事了。"他叹了口气。

看着他很沮丧的样子,如琪就势推了一下。

"知道就好,说吧。"

他讲的就是两年前那桩入室抢劫案，时间、地点、同伙都符合。

"你当时为什么不主动坦白？"

"因为三人在一起抢劫就干了这一次，入室抢劫是重罪，害怕讲了刑期会判上去，就不敢讲。"

"为什么现在又讲了？"

"还有一个同案在外面，他只要被抓就会有事。今天看见你们来了，想着肯定就是这件事，躲不过。"

之后提审的另一个同案犯也做了交待。如琪和程红都很兴奋，这三人的交待是相互印证的。而且这两名罪犯已经投入劳改一年多了，和外面的同案完全没有接触，他们的供认很有价值，但究竟有没有别的人因为这个案件被追究过？如果真有这么一个判决存在，那肯定就有问题。要尽快搞清楚。

程红在院里的档案室查了近三年的档案，没有找到曾经对这桩抢劫案做出的判决。究竟是没有判过还是没有找到卷宗，如琪和程红都不敢确定，但根据目前掌握的证据情况，这桩入室抢劫犯罪完全可以作为重大犯罪线索将案件退回检察机关补充侦查，与此同时检察机关也可以查看之前是不是对这次犯罪进行过处理。

如琪把公诉人赵检察官请到了办公室，介绍了补充调查的情况，建议检察院将案件撤回进一步补充侦查，也告诉他派出所反映曾经有检察院的同志去调查过这件案件，希望能一并了解。赵检察官三十多岁，是一位很有经验的检察官，他知道关系重大，一点没有迟疑地接受了如琪的建议。

第二章　不能错位的人生

四

检察院的补充侦查工作已经启动了。这天一大早，如琪走进办公室时就感到有一种鬼鬼祟祟的气氛。看见她进来，正和别人聊得高兴的郑伟杰马上闭了嘴。如琪厌恶流言，不想打听和猜测，她刚坐下，程红就走到了桌前："汪老师，我听说退回检察院补充侦查的那件抢劫案前面真的判了两个人，正好那两人也关在那座监狱，这一段一直在喊冤。"

程红看起来有些紧张。

第一次遇上这样的事，如琪心里也沉了一下："你觉得会有问题吗？"

程红也不知道该怎样回答这个问题，提审的这三个人，他们的供述都很自然，能够相互印证，他是相信这三人供述的真实性的，而且他查到了当年的报案记录，上面被害人讲述的被抢情节和被抢的东西都与被告人的供述一致。但毕竟此案前面已经判了两人，总有一案是有问题的。程红在心里庆幸现在办的这件案件已经退到了检察院，而且还没有做出结论，如果是在对这桩抢劫案做出了判决后才发现一案两判，问题就大了。

这时，如琪才恍然悟到刚才那神神秘秘的低语就是在议论这件事。如琪知道程红的担心，她对程红说："如果不去管被告的漏罪，肯定不会有风险，但如果该发现的没有被发现，该查清的没有被查清，该追究的没有被追究，那还要法院检察院干什么。我们把案件退回检察机关补充侦查，就是要进一步搞清楚。现在既然已经查到了前案，而且前案的被告人又在申诉，院里也应当复查前案。我现在就去向庭长反映。"

如琪起身走向庭长办公室，到了门口听见里边有人在说话："这么年轻就提审判员，这下捅娄子了吧。"

说话的是郑伟杰。他一转身看见如琪，居然笑着对如琪说："我的事说完了，你来。"

如琪在尽力控制自己，虽然案件情况她心里是有底的，但这种看笑话的态度，她很生气。如琪向庭长详细汇报了案件退回检察院补充侦查的来龙去脉，表示希望庭长安排人把两案都看看。其实，郑伟杰也已经向庭长提出了这个要求。

很快，市中院也对前案进行了复查。如琪耳边不时会听到一些闲言碎语，她虽然很自信，但神经也绷得很紧。她很想离开一下这个环境，恰好庭长要她代表院里写一篇论文去参加省外的一个学术研讨会，这是庭长的善意，如琪几乎感激般地接受了。

五

洪阳回到省城也有一段时间了。这天快下班时，洪阳的办公

第二章　不能错位的人生

室里来了一位不速之客。她叫郝伊丽，是洪阳当年的知青队友。确切地说，当时她很喜欢洪阳，却被洪阳拒绝了，后来洪阳听说她到了外地读大学。她的突然到访，让洪阳有些不知所措。

她微笑着冲洪阳说："你没有看出我是谁？"

"当然看出来了。"洪阳说话的时候还是有些不自在。

郝伊丽眼睛大，嘴大，身体瘦小，皮肤有些黑，是一个不起眼的女孩子，但她性格很好，一点不矫揉造作。当年她表示喜欢洪阳时，洪阳真的很吃惊，因为他觉得她就是一个小女孩。不过，眼前的郝伊丽干练、通达，显然已经成熟多了。

"我今天到社里报到，无意中听人说起你也在社里，就找你来了。"

郝伊丽本来已经在广州工作，因为父母身体不好，就联系调回省城到杂志社工作。洪阳和郝伊丽都没有想到两人会转到一个单位来。多年不见，很快两人就聊得很开心。

郝伊丽上班的办公室就在洪阳办公室隔壁。她来了以后，只要洪阳没出门，就多半会过来找洪阳一块上食堂吃饭。洪阳忙的时候，郝伊丽就会帮他把饭菜打了送到办公桌上。不久，社里都知道郝伊丽早前与洪阳是知青队的插友。郝伊丽做得很坦然。有时洪阳想拉开一些距离，反而张不了嘴，觉得倒好像会显得自己对人家有琢磨似的。

如琪没告诉洪阳自己到省外参加学术研讨会，这天洪阳去法院找如琪，才听说如琪已经出差两天了。如琪的不辞而别让他很烦恼，第二天，他一上午没干什么事。郝伊丽把午饭送到跟前，他还是坐着不动。郝伊丽自己边吃边告诉他当年知青队几个同伴的事，洪阳才渐渐丢开了烦恼。一连几天，都是郝伊丽这样陪着洪阳边聊边吃。几天后，如琪开会返回时，洪阳和郝伊丽亲密关系的传闻就传到了耳朵里。

如琪回来一上班，就按照院里的安排，和同事们一起在市中心友谊商场门前摆放了桌椅，开展法律咨询活动，宣传经济合同法。如琪已经参加过好几次这样的活动了，但市场经济还处在起步阶段，真正来咨询经济活动方面法律问题的并不多。人们还不太清楚法律与自己的距离，有几个来问事的都是询问赡养类问题，还有的请求帮助催办在其他部门的案件，更多的人是围观。毕竟那时戴着大盖帽，穿着法官制服在街上面带微笑地做宣传是少有的事情，人们都用好奇的眼光打量着他们，如琪觉得自己和同事反而成了被观察的对象。

宣传活动结束了。回家的路上如琪遇见了洪阳，洪阳的脸上充满了怒气，眼眶发青。如琪第一次看见洪阳这样的神情，她很心疼，不过想起那些传闻她又有些气恼。她停住了脚，没有吭声。看见如琪孤傲地站在那里，洪阳觉得如琪没有把自己放在心上，不打招呼说走就走，而且这段时间以来，并没有太多的温情对他，洪阳的自尊心受到了伤害，他觉得如琪有些变了。俩人相视而立，沉默了一阵，洪阳默然转身走了。

如琪爱洪阳，但这一段，郑伟杰的阴言阴语、郝伊丽的风闻传言，还有接受案件复查的考验，都让她觉得很有压力，她需要洪阳宽阔的胸膛和结实的肩膀,她决定去找回洪阳。

洪阳宿舍的房门虚掩着。天色将黑,借着屋外的光线,如琪看见洪阳蒙头躺在床上。如琪近前用手轻轻梳拢了洪阳散乱的头发。洪阳闭着眼睛久久不愿睁开,他享受着这一刻的温暖爱意。终于,他伸出双臂把如琪紧紧拥在怀里。俩人交流了彼此的思念,如琪温柔地贴靠着洪阳的胸膛对他说:"我们结婚吧。"

几个月后,如琪就成了洪阳那间小屋的主妇。小屋里,一屏粉色的窗帘,几乎把一面墙都遮盖了,仿佛在那后面有几扇大幅的落地窗。琥珀色的花瓶也是如琪挑选的,放在一角,散发着淡淡的优雅。如琪最得意的是一盆叫不上名字的绿植,像花一样舒张,又像藤蔓一样流淌,覆满了花盆,生机盎然。明快而富有情趣的格调,是洪阳和如琪都喜欢的。

六

柳瑶又来了。她已经在深圳当了律师。

如琪仔细地打量着眼前的柳瑶,脸上完全没有自怨自艾的晦色,眉毛用淡淡的青黛色描过,眼睛四顾流盼,灵动快乐。如琪感到那个快乐骄傲的柳瑶又回来了。

柳瑶请如琪吃饭,就在她住的宾馆。

即使就在本地,如琪也从来没有进入过这家宾馆。宾馆的大厅金碧辉煌，走在厚重的织锦地毯上感觉非常柔软、惬意。进入餐厅，伺立的女孩微笑着为你引座，雪白的餐桌布显示了高档和雅致。在不知不觉间，你会变得文质彬彬。错落有致的餐桌尽头，正好是餐厅半圆形的转弯处，优雅的弧线使大厅有了几分浪漫的情调。就餐的人不多，可以吃得很从容，不会有人打扰，坐在那里也不会很寂寞，这里的氛围让人有些想久坐。

柳瑶看着有些担心的如琪，知道她想听什么："如琪，好男人不止一个，对吧？"她以为如琪会不赞同她这样说，因为她知道如琪是一个内心有公主梦的可爱女孩，只认白马王子。没想到如琪点点头说："是的。"

"其实马明明并不想离开我，但他又想着小薇。我是他的旧世界，在我这里，有他熟悉、自如和亲切的感受，他不想放弃，而小薇这个新大陆又是他想登上去的。但他已经有了过去的烙印，哪怕包装得再新再潮，他也不是真正意义上的新生代。他就这样左右徘徊，只能由我做出抉择，所以我提出了离婚。他对我的报答就是让女儿跟了我。我现在不再为马明明烦恼，除了工作就是做我和女儿想做的事。在深圳，我可以对生活进行选择，我在做选择时也在不断了解自己，学会了安排自己，在自觉不自觉中变得更加独立、自主。当我明白快乐、幸福还可以再次寻找创造时，一个人的离去就变得不重要了。"

讲完了私房话，柳瑶告诉如琪，她要请一位法官吃饭，请如琪作陪。如琪一口回绝了。看着如琪十分严肃的神情，柳瑶好笑地说，这法官我原来认识，再说这个案件我们有理，我又不和他

第二章　不能错位的人生

谈案件，你有什么担心的。

柳瑶递了一张名片给如琪看，是郑伟杰的名片。

如琪奇怪地问，你们怎么会认识？柳瑶说，在福建办案时朋友请吃饭时认识的，这个法官很放得开，吃饭唱歌都有兴趣。

当柳瑶柔柔的声音从电话里传出的时候，郑伟杰一下子并没有记起在哪里与柳瑶见过面，但这声音是肯定听过的。柳瑶约请郑伟杰在金帝宾馆吃饭，那是个迷人的地方，还有时装表演为来宾助兴，郑伟杰一口答应了。放下电话，郑伟杰想起有两个帮过自己忙的朋友还没有答谢，于是邀他们一块儿去，这样的方式又体面又省钱。很快，他带着朋友和朋友的夫人一起，来到了金帝宾馆。

金帝宾馆的进门大厅是中空式的，大厅中间巨大的枝形吊灯从顶部的三楼处一直悬垂下来，古典而恢宏的气势，显示了不同寻常的富丽堂皇。在宽大舒适的沙发处，郑伟杰看见了靓丽的柳瑶。柳瑶浓密的黑发盘在头上，衬着光滑白皙的额头，柳叶眉浅浅描过……一瞬间，郑伟杰有些后悔带了这么些人过来。

看见郑伟杰带了其他人一起出现，柳瑶身旁的委托人有些吃惊。但他们很快都满面笑容地迎了上去。到了餐厅，供客人就餐时观看时装表演的T台已经布好，餐桌依次在两边摆开。一行人落座的时刻，清婉的丝竹之音响起，身着旗袍的姑娘手执绢扇款款走来，旗袍的两边开衩很高，举步之间，腿部忽隐忽现。T台的直道很长，离餐桌很近，她们仿佛就为你而来，袅袅婷婷，停步半侧之时，莞尔一笑。郑伟杰一阵感慨，过去的帝王也不过如此了。

一位服务小姐在郑伟杰的耳边俯身轻问:"先生,喝点什么?"郑伟杰抬头看见了柳瑶鼓励的目光。本来他和朋友说好了要好好吃喝一顿的,但此刻他有些内疚,也夹着一丝慌乱,他放弃了要酒的念头,要了一听饮料。这时,他听见朋友在问有没有茅台酒,服务小姐立刻热情地说有的。很快,桌上就有了茅台酒的香味。

郑伟杰无法抱怨朋友,是他让他们那么做的。

后来,郑伟杰的朋友又要了一瓶茅台酒,他们已经有几分醉意了,在高声劝喝郑伟杰,引来了邻桌的目光。郑伟杰赶紧起身把酒喝了,而且连喝了几杯。他很快感到全身暖洋洋的,大厅变得更加明亮,柳瑶委托人谦恭的脸似乎被放大了。要离开时,柳瑶看似无意地告诉郑伟杰,这次要待几天,因为手上这件案子一直立不上案。按照规定完全符合立案条件,但总被提出各种问题,就算立上案了,真不知下一步还会有什么问题,明天还要去找审查立案的人把案立上。郑伟杰毫不犹豫地说:"明天你先来找我就是了。"

第二天一早,郑伟杰站在法院门口等着柳瑶的到来,他觉得自己有一些兴奋。郑伟杰有一张很有领导范的脸,他很早就结婚了,妻子和他原来同在一个工厂上班,俩人有一个儿子。他过去做过小领导,如琪对他那种不卑不亢的态度让他不舒服,他觉得是一种轻视和傲慢,这也让他对如琪一开始就有敌意,再加上现在如琪成了院里最年轻的法官,与他站在同样的起跑线上,更使他的自尊心受到了打击。

柳瑶在门口出现了,郑伟杰愉快地迎了上去。有一个靓丽又有教养的女性伴在左右,郑伟杰感到惬意。柳瑶看出了郑伟杰的殷勤。

看了柳瑶带来的诉讼材料，毫无疑问她的委托人是有理的，郑伟杰听柳瑶说起现在连立案都还要研究，显然是有意为难。

"你等一会儿，我先去问一下。"郑伟杰把柳瑶手上的材料拿走了。不一会儿，郑伟杰出来对柳瑶说："同意立案了，去交诉讼费吧。"

七

这天一上班，程红早早地等在办公室，一见如琪就兴奋地说道："抢劫案复查有结果了，前案错了。"

"是吗。"如琪答了句，然后就一如既往地拿起擦布准备打扫办公室卫生。

"汪老师已经知道结果了？"

"不是你刚才告诉了我吗？"

"您好像早就知道结果似的。"如琪的淡定让程红有些疑惑。

"认定被告犯罪，证据必须充分确实。作为法官，要有这样的要求和底气。这桩抢劫犯罪我们虽然还没有最后审理定案，但从证据分析判定，最后认定是有把握的。"

郑伟杰进来了。听见如琪的话音，他赶快拿了两个空暖壶灌开水去了。

庭长也进来了。他还真的有些叹服这个女孩子，她身上有种自信刚强的气场，也因此显得有些与众不同。这可能会令她的人生很出彩，但也会有风险，就像这次一样，真让人为她捏把汗。本来这桩起诉没有认定的抢劫案她完全可以不去关心，不然万一有点闪失就可能影响以后的法官生涯，庭长都有些替她后怕。现在复查结果出来了，她那么坦然，好像这个结果就是预料中的那样。

因为如琪还要到那所监狱提审犯人，庭长安排她一并去宣判那件复查纠正的案件。这次院里专门安排了一辆车。车开得很快，远山近树一闪而过，中午前就到了。

两个二十多岁、个子矮小的青年被带了出来。他们一时间还不太明白判决书的全部，不过却都听明白了判决结论，这个判决撤销了之前对他们入室抢劫犯罪的认定，俩人被当场释放。程红在记录如琪的宣判过程。现在他在等待记录这两人对判决的意见。

"报告干部，我们现在可以回家吗？"程红看见他们的眼里都是紧张和期待。是的，这场无妄之灾毁掉了他们普通平实的生活，他们害怕错过了这一问，又要在里边继续漫长地煎熬等待。

"可以。"如琪这句简单明确的答复是他们最期待的。

"我们现在就去取东西。"

看着他们的背影，此刻如琪真是深深感受到了法官责任的千钧之重。在法官独步法庭的高冷之上，更要有如履薄冰如临深渊的严谨和小心。每一个案件的办理都绝不容许有任何疏忽，因为哪怕是千分之零点零一的错误，落在一个人的身上，就是百分之百，而这个百分之百，就是一个人的人生啊！

第三章

烦恼与诱惑

一

　　如琪对自己的书记员程红很满意，她已经向庭长提出程红可以担任助理审判员的建议。

　　这天一上班，程红已经早早等在了她的办公室门口。

　　"这么早？"如琪知道程红肯定有事。

　　"这会儿没什么人。"

　　"有什么秘密？"

　　"我要辞职。"程红踏进办公室就说。

　　如琪很吃惊。程红工作认真、正派，素质很好，很适合在法院工作，而且也没听他说起过想离开法院。

　　"因为什么？"

　　"汪老师，我家在农村，家里穷，捉襟见肘。可以说从小贫穷影响了我的自信，虽然学习不错，但我不喜欢与人交往。大学毕业以后到了法院，我很喜欢这个职业，尽管工资不多，但觉得很崇高神圣。只是时间长了，我发现这种崇高神圣的感觉实际上只是自己的一厢情愿，我们得到了谁的尊重？现在社会上尊重的是大款，是金钱。按一些人的说法，现在钱是一切的润滑剂。我没什么钱，也没感觉在被谁尊重。出差买车票，不得不起早去排队，在拥挤的人群中被来回推搡，谁在乎你是法官？我不想要特权，但我想要尊严。我明白我本该属于这里，但现在我更愿意离开。而且我现在确实需要钱买房子，不然在这座城市我就没有立足之地。在机关我看不到分房的希望，我还年轻，不想用几十年的时间排队等待资历够了的那一天。我自己的工资也买不起房，现在律师职业的报酬比较高，虽然不在体制内，但收入可以满足我的需求，同时还可以帮一下在农村的父母。他们倾其所有让我上了大学，我要对他们有所回报。"

如琪理解而无奈地看着程红，说不出劝阻的话。

二

柳瑶完全没有想到在深圳会与小薇打上交道。那天，第一个上门的客户竟是小薇。如果不是那长及腰间的黑发霍然入眼的话，柳瑶真的不相信会是她。

小薇见了柳瑶脸上并无尴尬之色，反而显得大度老练，她微笑着说："柳姐，小薇慕名而来。"

柳瑶觉得小薇简直厚颜无耻。

"我知道你在这里做律师，而且干得很好，所以就来找你了，我有官司想委托你。"

柳瑶觉得自己的胃肠和嘴角都在痉挛抽搐，但她很快控制住了自己，瞬间恢复了常态的表情。她对自己说：她是客户。"请坐。"她对小薇说。不过听得出来，柳瑶的声音冷淡中带着厌恶。

小薇已不那么青春娇艳了。在柳瑶表示不介意之后，她点燃了一支细细长长的香烟，深深吸了一口，又慢慢地呼出，似乎有许多烦恼。柳瑶看见，小薇左手无名指上，有一颗闪耀刺眼的钻戒。

她应当结婚了吧，会是马明明吗？柳瑶思忖。那颗钻戒价值不菲，以马明明的经济实力，还买不起。与马明明离婚后，柳瑶几乎不再与他有什么来往。

"我结婚了，不过不是跟马明明。"小薇看穿了柳瑶心里的梗，先说开了。

"马明明当时在单位不被重视，工资也不高，后来他自己出来跑生意也还是不挣钱。我也看明白了，他没有生意场上那种精明强干的气质，你也知道，在这里仅会讨女人喜欢是不够的，生活很现实。有一段时间，我们过得很窘迫，经常吵架，彼此都看不到希望，吵着吵着就分手了。一个偶然的场合我遇见了位同学，她嫁到了香港。后来，她给我介绍了一位香港老板，五十多岁，老婆才死不久，我答应了，因为我需要钱。虽然我嫁给了钱，但现在也愿意用钱干点事，体现我的价值。"言语间小薇对马明明充满了不屑，仿佛那只是一件她随手扔掉的旧物而已。

柳瑶被小薇的神情狠狠刺痛了，自己曾经视为宝贝也用尽了心力在维护的一段感情，这个女人那么轻易地获得后又毫不在意地抛弃了。自己爱过的那一切，真是那么不值得珍惜，没有价值吗？她想起马明明给她写过的那些美好的情书，他曾经是一个多么情感纯真的人。尽管自己现在已经不愿意去想他了，但当小薇毫不怜惜地评说这个男人时，她还是感到了刺痛，因为她觉得这其中有一部分就是自己。同时，她也不得不承认小薇说的有道理，社会已经发生了巨大变化，那种田园牧歌怡然自得的精神贵族生活，早已被商业化、市场化的潮流淹没，如果你在社会上站不住脚，就不会再有精神高地和优越感。

小薇说自己与人合伙开了一家迪厅，投了几十万，就等音响配置到位开业了，但对方突然向法院提起诉讼，告小薇拖欠货款。

"我们是合伙，他们负责音响这部分，因为我也没那么多资金。可现在他们却把我告到法院，说我拖欠了他们的货款。迪厅没有办法搞起来，我的损失太大了，我要他们赔偿！"

"你以为我会接受你的委托吗？"

"当然，因为我付钱，按最好律师的价格付钱，你不会拒绝一个好客户的。"

"你以为我会为你尽力吗？"

"当然会的。一旦你接手，你会出于责任干好，这是你们这批人的特点，在你身上尤甚。"其实小薇挺欣赏柳瑶，柳瑶是个不低头不纠缠的女子，而且小薇也了解到，柳瑶在业内确实有不错的声誉。

柳瑶默然了。小薇很聪明，她说得一点不错。过去与马明明在一起时的浪漫情调如今早已没了踪影，现在的柳瑶，仿佛脑子时刻在分析你、琢磨你，就想看到你的深处，但说的话却又那么恰当得体。

"好吧，你的案件我接了。"柳瑶很职业地看着小薇说。

三

这天，柳瑶在翻看小薇提交的各种材料，没有找到最重要的合伙协议，双方只有一份意向协议书。小薇会没签订正式的合伙协议吗？柳瑶要问问她。

小薇在收货过不来，约了柳瑶到她的迪厅见面。柳瑶进去时，小薇正在指挥工人放置器材。

"我打算贷款把它装出来。"小薇显得很有信心。柳瑶觉得现在的小薇还真像个干正事的人。

"你的材料里怎么没有正式的书面合伙协议？"

"确实没有。当时大家商量着先干起来，反正投入盈亏各50%，合伙协议很快就签。结果市场有一些变化，他们就变卦了。"

"那除了这份意向协议之外，我凭什么向法官说你们是合伙人，他们应当承担违约责任呢？"

"当时马明明作为中间人在场，他能够证实。这个合伙人是早前通过马明明认识的，他们当时也不太清楚我与马明明的关系变化。你知道的，马明明是个好面子的人，他不会去做解释，所以那天合伙人把马明明作为中间人也约来了，还来了一些别的人，马明明都认识。"

那么，要找马明明了解一下。

接到柳瑶的电话，马明明将自己精心装扮了一下，这才按约定时间前往。过去，柳瑶很欣赏自己的风度才情。赴约的马明明穿了一件长款风衣，男人一般不穿风衣，因为穿风衣对男人的风度身形很苛刻，但对马明明却特别适合。柳瑶也说过，他穿风衣显得挺拔自信。他还是按照多年前和柳瑶见面的习惯，提前到达了柳瑶的律所办公室。

柳瑶已经在等他了。

马明明讪讪地说："过去总是我等你。"

柳瑶一脸平淡地说："我对每一位客户都这样。"

马明明当然听明白了柳瑶的暗示。

好久不见，柳瑶的靓丽和自信确实让马明明吃惊。柳瑶舒适地倚靠在沙发上，双腿斜搭着，柔软的裤料显出了匀称的腿形轮廓，十指如嫩笋，精心修理过的指甲发出乳粉色的莹莹光泽。马明明很感慨，曾经，自己可以握住这双手送到自己的唇边……他在座位上下意识地把身体往柳瑶方向挪了挪。柳瑶已经从马明明的目光中感觉到他的情动，她太了解他了。他的眼睛大大的、黑黑的，女儿就有一双和马明明几乎一模一样的眼睛。柳瑶冷冷地看着眼前这个已有了女儿、两鬓也开始有了白发，却又去追求新潮女子的男人，目光渐渐尖锐起来。马明明感觉到了她的恨意。

柳瑶说了小薇的案件需要他证实的事情。话刚说完，马明明起身就要往外走。柳瑶急了连问："你什么意思？"

马明明冷笑着说："要我作证，很好。小薇为了钱抛弃了我，她为钱打官司，你竟然为钱帮她办案，还要我来作证，我该证明什么呢？！证明她有钱，可以自己开迪厅，证明你很能干，你让我来我就来了，证明我无能，只不过成了个尴尬的证人。你们不觉得你们对我的不在乎是种羞辱吗，你们以为我仅仅就是你们生活中的一个看客吗？"

看着马明明气愤的样子，柳瑶不想多做解释，她的痛苦已经过去了，她不想为此再消耗自己。

柳瑶在电话里告诉小薇，马明明不愿为她作证。

小薇尖刻地说："因为我有钱，他嫉恨我。"两人都沉默了。

小薇问柳瑶："下一步怎么办？难道要我给你出主意吗？"

好刻薄。柳瑶心里在为马明明叹息，他怎么驾驭得了这么势利的女子呀。柳瑶自然知道该怎么办，只是很不愿意，因为不得已就要由法庭出通知传唤马明明。她并不想看到三个人同时出现在法庭，而且这对马明明来说也是难以接受的。柳瑶试探着问小薇："要不你做做马明明的工作，叫他把当时的情况写成书面文字交给你。"

小薇在奚落柳瑶："你觉得这可能吗？他认为我毁了他的一

切。现在他没有钱,也谈不上有事业,落在冰冷的现实里,连一处避风地都没有。他那么怨恨,你认为他会因为我的请求为我做点什么吗?"小薇太精明,她心里都清楚。

只有申请法院传唤马明明出庭作证了,不就是职业道德要高过情感道德吗,考虑到下一步,柳瑶只好在心里无奈地为自己开脱。

马明明接到了法庭出庭作证的通知,心里很忐忑,虽然他曾经有过当律师的妻子柳瑶,但却从未与柳瑶的工作圈沾过边。现在,他常会回想起在家乡那个小城市里的生活,有名声在外的妻子柳瑶爱他,还有好些女孩子喜欢他,自己经常约三五朋友一起饮酒作乐,深夜而归,简直就是世外桃源。他觉得那会儿的自己就是个被柳瑶宠坏的孩子,在外面调皮一下,随后总会自己回家。而在被小薇迷惑的时候,他并没有认真想过后果,起码没有想要离开柳瑶,但他没想到柳瑶那么决绝,也没想到小薇那么无情,这些年自己在人生的旋涡里被搞得晕头涨脑,确实很失败。现在,突然接到盖有鲜红法院大印的通知,他很惶然。在看清了这是一份为小薇的纠纷案件出庭作证的通知时,他心里有底了,但随即又顿生怒恼,既怒于小薇对自己的羞辱,又恼于柳瑶这样不顾他的感受。不过,看着盖有人民法院大印的出庭通知,他知道自己不得不去。

开庭那天,马明明按时到庭。

小薇的合伙人在法庭上完全否认双方有过合伙协议。他们的律师衣冠楚楚、言之凿凿,阐述那份意向协议只是双方的一个初步协商，不能作为已经生效的依据。双方对合伙并未协商达成一致。马明明想，要不是当天自己一直在场，也肯定会相信这个律师所说的一切。他气愤地对自己说，一个人怎么可以在说谎的时候那么面不改色、镇定自若呢？马明明觉得，自己仗义的脾气一下子上来了。

对方律师发言之后，柳瑶站了起来。

"本案双方虽然没有正式签订书面合伙协议，但有证据证实双方见面经过协商一致达成了口头协议，双方的口头协议约定，音响设备由原告方购买投入，现在原告发来了配置的音响设备，但原、被告双方并没有签订购销合同，这就证明双方口头协商一致的合伙协议已实际履行，而不是被告人欠了原告的货款，本案的性质不是购销合同纠纷，而是合伙纠纷。"准确，一针见血！小薇在心里为柳瑶叫好。

被告律师显然已有准备，起身答道："没有签订合同的发货并不能推断双方存在合伙关系，我公司个别人员不与对方签订合同就发货的行为不能代表公司，目前我们正在追查处理。被告方不否认收到我方的音响设备，就应当向我方给付货款。"

柳瑶紧接着回答："诚如对方所说，没有签订合同的发货不能推断双方必然存在合伙关系，但也不能推断双方就不存在合伙关系。要用证据说话，对双方合伙已经达成口头协议这一关键问题，我方还有证据要向法庭提供。"柳瑶看了看坐在远处的马明明，清晰而坚决地说："请法庭传证人马明明出庭作证。"

马明明站到了证人席。他看见了小薇乞求的眼神，也看见了柳瑶信任的目光。

马明明平静地陈述了那日双方协商一致各投资50%，原告方以音响器材作价投入，迪厅要争取在国庆节前开业，双方决定立即开始履行的情况。

对方律师站了起来："据了解，这位证人与被告曾经同居，有利害关系，他的证词不能采信。"

马明明被激怒了，他愤怒地说："你以为我会像你一样为了钱公然说瞎话？告诉你，我不会在法庭上讲假话。今天我站在这里，是因为法律有要求，否则我不会为这个女人做任何事，我可以向法庭提供那天在场人员的合影相片，他们都能够证明当天双方达成口头协议的情况。法庭可以向他们做调查。"

马明明有当天的照片，而且还带来了。这是柳瑶没有想到的。她立即请求合议庭休庭进行补充调查。她的建议被合议庭采纳。

当法庭决定采纳自己的建议对其他人进行调查的时候，柳瑶就知道这场诉讼自己赢定了。这些人都能够证实双方口头协议的存在，后面的节奏就会比较轻松。只是柳瑶感到这场诉讼很让她心烦。休庭后，她一人最后离开法庭。天有些下雨，空气很凉，她还穿着薄薄的衣装，于是赶紧进了路边一家咖啡屋躲雨。

马明明一直远远跟在柳瑶身后，看见她进了咖啡屋。他在店外徘徊许久，拿不定主意要不要进去。即使自己在法庭上的表现没有让柳瑶为难，但他也清楚柳瑶并不想见自己。

喝完咖啡，柳瑶觉得身体暖和了，起身往外走。她下意识觉得有人在看她，就不自觉地回看了一下。马明明脸色苍白地赫然立在自己身后。柳瑶有些吃惊,她趋身向前,拿出手绢,似乎要为马明明擦去头发上的雨水,但一瞬间手又停住了。她知道,只要自己把手伸出去,马明明立刻会回到她的身边。往日的痛苦针刺般再次在扎她的心脏,柳瑶顿时意识到,虽然不清楚自己当下到底需要什么,但她却很清楚自己不想再次陷入痛苦。她害怕痛苦的生活,必须坚决拒绝。她喃喃地说了一句:"女儿长得越来越像你了。"然后转身默然离去。

四

这天,洪阳上班后一直忙到中午,午饭时间快过了。郝伊丽过来叫他吃午饭。洪阳清楚前段如琪不愉快的原因是郝伊丽的出现引起的,他不愿再让如琪误会,就说:"你先去,我忙完了再说。"

郝伊丽很坦然地说:"午饭已经打好放在我们办公室了,屋里人很多,不会有什么不方便的。"

郝伊丽说开了,洪阳反而觉得有些尴尬。他索性表现得很洒脱,手一挥说:"走,吃饭。"

郝伊丽对洪阳的好,编辑部几乎人所共知。看见洪阳和郝伊丽进来了,有人打趣地说:"夫妻双双把家还。"郝伊丽听了笑得很开心。洪阳心里很怒,又发作不得。他觉得掉进了郝伊丽的陷阱。

洪阳在杂志社渐渐感到有些无奈。这是一本以父母和女性为读者群的杂志，内容都不是洪阳感兴趣的话题，有时和作者交谈，他听着听着就会走神。对方看见他心不在焉，也就兴趣索然地停住了。每周，郝伊丽总会拿几份稿件给他。郝伊丽的文稿无甚文采，可朴素贴心，娓娓道来，常常以同情的笔调写出女性的烦恼，有一些热心读者。

一天，洪阳听见主编在对郝伊丽说："郝伊丽，你在期刊上开一个专栏。"开专栏很容易出名，也体现了单位对郝伊丽的重视。洪阳想，这是好事，郝伊丽应该接受。

郝伊丽却说："我现在这样很好，不太想改变。"

"你好好想想。"主编有些没想到。

当天中午，洪阳主动打了两份饭找到郝伊丽。洪阳说："主编和你的谈话我听见了，你应该答应。"

郝伊丽不作声，沉默片刻，她抬起头对洪阳说："我愿意把采访稿交你审编，我不想做专栏。"

洪阳听了，仿佛被轰击了一下，不敢再深问，但他感受到，郝伊丽是真心的。洪阳在结婚后，开始尝试以一种兄长的姿态与郝伊丽相处，但感觉郝伊丽对他却一点没变。别人给郝伊丽介绍男朋友，她总是没有下文。她愿意为他做任何事情，不求回报，这让洪阳觉得欠了她很多。郝伊丽每次采访回来总要高兴地给洪阳讲些采访中有意思的事，时间长了洪阳也习惯了，总希望听见郝伊丽的笑声和讲话。回家后，他反而会因为一些莫名其妙的小事发火,甚至摔东西。如琪有些惊慌,她不知道因为什么,就默默地忍受着,而她的默不作声反而被洪阳视为一种冷漠,他明白这不是如琪的错,但又无法向如琪说明。有时他甚至觉得,作为妻子,如琪的聪慧、独立和活力对他来说太奢侈,似乎服从和忠诚才是他最需要的,才会给他一种格外的成就感。

如琪怀孕了。这天,如琪和洪阳在讨论给孩子起名。如琪说,要有一个可爱的昵称,譬如毛毛、铁蛋之类的。洪阳很不以为然地笑了:"什么年代了,还这么叫。明天让郝伊丽去翻翻字典,找几个既响亮又寓意好的字。"

如琪听了十分不快:"我们自己的事,干吗找别人。"郝伊丽居然可以进入她和洪阳最亲密的话题,如琪很郁闷。洪阳觉得如琪的不满毫无理由。晚上,他躺在如琪身边不做声响。第二天一早,洪阳自己吃了早餐上班去了。如琪独自在屋里感到十分委屈,格外想要得到抚慰。她想,也许是自己心理过于敏感脆弱了。

五

洪阳要去杭州开会,郝伊丽也同行。如琪在家里给洪阳收拾东西,洪阳从如琪平静的脸上读出了她内心的寂寞,他感到有些不安。于是,他走上前拿起如琪的手握在自己手里,什么也没说。这细微的亲近让如琪感到温暖。洪阳甚至想,如果如琪提出要他不要去，他一定会去请假的。

但如琪没有。洪阳还是和郝伊丽一起去杭州开会去了。

站在卧铺车厢的过道上，郝伊丽凝视着洪阳说："我对你的爱你感受不到吗？"郝伊丽的声音里透着强烈的渴望，她在用一种热烈而强大的情感把洪阳紧紧包裹。洪阳害怕直视她，只好敷衍着想转身，但郝伊丽却主动倚向他。洪阳闪电般把心醉情迷的郝伊丽坚决地推开了。

"你不能这样。"

"我们是相爱的！"

"你不要误解我对你的关心，我不想毁掉我的家。"

"那你就会毁掉我。从这次又见到你的那天起，我的灵魂就在炼狱里，就在因你而受煎熬，这难道还不够吗？我不想再这样下去了。我们还年轻，可以一起离开这座城市。"

洪阳完全没有想到郝伊丽会这样疯狂。

"我已经有家了，而且我的孩子很快就要出生了，对我来说，如琪才是最重要的。"

"你对她的自以为是这么不舍？"

洪阳真切感受到了郝伊丽对如琪的嫉恨。有人过来坐在旁边的座椅上，两人的谈话没再继续。

洪阳从杭州回来的这天晚上，如琪已经倚在家里的沙发上睡着了。洪阳悄悄进了屋，不想惊动她。这次郝伊丽对他的表白，反而让他感受到自己内心深处对如琪的爱是不可动摇的。虽然这些日子，如琪常用冷淡的态度对他，但他知道是自己的原因。这种状态使他伤心，也使他胆怯。如琪对他太重要了，如果如琪对他的爱消失了，他失去的不仅仅是爱情，还有生活的信心和幸福。现在站在如琪面前，他迟疑着，不知道她是不是还会冷淡自己。

　　如琪睁开眼睛，看见洪阳就站在面前，心里感到欣喜。这次洪阳去杭州开会，她隐隐有些担心和失落，但此刻看见洪阳对她充满爱意的目光，内心一下就像欢快的小鹿。如琪知道，没有其他人再站在他们中间了，他们是亲密无间的爱人。她投入了洪阳的怀里。

第四章

无鱼之水

一

　　时间又过去了七八年，如琪当上了庭长。

　　生活最大的变化是女儿的成长，如琪感到每天回到家中都有无尽的快乐。现在，如琪一家人已经住进了机关宿舍楼。五十年代，这里是红墙黑瓦的小平房。八十年代开始拆掉小平房修建高楼的时候，小平房的住户们都很高兴，人们都同意建高楼，盼望着住进楼房，有自家的厨卫，不用大冬天为了上厕所要从家里穿戴整齐地出去一趟，不用轮候着与邻居共用一个水龙头，也不用每天提着垃圾桶走很远去倒垃圾。后来，围着这块地的四周，高楼一栋一栋建起来了，只剩下中间一小块空地，好像高楼的天井。而且因为是不同时期建的楼房，只讲实用性，楼体高矮胖瘦很杂乱，外人要进来找一户人家常常很迷糊。

　　这天是周日，女儿和洪阳都在身边。这是如琪最喜欢的时光，她可以慵懒，也可以和女儿一起孩子气地玩耍。但今天一大早，如琪就听见有敲门声。她很纳闷，这是少有的事。如琪打开门，看见一个穿着貂毛外套的臃肿妇人在那里冲着她叫庭长。她很愕然。自己从不告诉与案件有关的人自家住处，即使对熟人也这样。这个女人曾为案件上办公室找过自己，但却不知道她是怎样知道和找到自己家的。

如琪僵站在门口，她不能请这个案件当事人进屋，这是她的职业警觉和界限；但她又从来没有做过不让来客进屋的事情，她的善良让她不会这样做；如琪也不愿意在楼道上听她讲诉，这样似乎与请她进屋没有多大区别。她急速地在脑子里筛选合适的办法。

如琪正在思忖时，胖女人二话不说，拿出一个小纸包塞到如琪身上转身就跑开了。如琪完全没有预料到，也追不上她，只好无奈地回到家里。纸包很小，如琪打开一看，里边有一条金灿灿的项链，十分耀眼。想着胖女人以为自己一定会欣赏和接受这条金项链，如琪感到受了极大侮辱。如琪想找到她后直接把金项链退还给她，但转念又想，别人会怎么看，也许反而会认为她上门去给你送金项链，说明你们私底下有来往。就算退回时有人在场做记录，但不知道以后会被传说成别的什么情况。还是简单一些，就交给纪检组吧。

第二天一上班，如琪把金项链交到了纪检组。纪检组的女孩子要做登记，问如琪项链是不是纯金的。如琪回答不上来，她很可爱地问这女孩子，项链不都是纯金的吗？女孩子觉得如琪是真不懂，就给她普及了一下K金知识。如琪这才得知，原来那些闪闪发光的金首饰竟不都是纯金。她自己真的没有任何金饰物，所以也不知道上交的项链是什么成色。还是女孩认真地看了一阵，比较有把握地对如琪说，这是纯金的，你看比较软，用力后会变形。

二

这一段，法院开始在谈改革了。法官是中国最古老的职业，封建社会的县太爷都是要判案的，好多清官能臣就是因为明察秋毫的办案名声而流芳百世。市法院大楼里存放有许多旧时档案，判决书都是竖行用毛笔写的，横刀竖剑，非常工整，笔力十分了得，判决部分都写着："本庭判决如左"，而不似现在写："判决如下"；判决上都盖着长方形的院印，字是篆刻的。那些深奥的笔画，看上去就令人充满敬畏。汪如琪每次看了都感叹不已，想着当年握笔写下这些判决的人，该是怎样一位寒窗多年的饱学之士呀！

如琪在做了法官以后去看欧美的法庭题材电影时，才体会到审判方式的不同。在那些欧美影剧里，公诉人和辩护人会使尽浑身解数，在法庭上进行针锋相对的辩驳甚至刁难，而法官只做证据真伪的判断者，不负责寻找或举出证据。这的确是一个防止出错的好的诉讼格局。

好在国内这些年来，律师在逐渐增多，已经形成了一个职业群体，提升了与公诉人抗衡的水平。现在司法改革正向着构建这种控辩抗衡的方向努力。

院长指示如琪组织一次示范开庭。与如琪打交道多年的市检察院赵检察官现在是处长，风格很稳健，如琪与赵处长商量，在示范开庭之前，双方要先演练一次。

约定演练的这一天，赵处长被引到一个新配置的审判庭，看向审判区的第一眼，赵处长立刻察觉到了改变。

审判区以法台为中心，八字外开摆放了两排桌椅，一侧是公诉人席，另一侧是辩护人席。过去公诉人席要略高于辩护人席，今天公诉人和辩护人的座椅放到了同一高度，很直观地体现了双方的平等地位。赵处长当然明白这种变化的意义所在，但心里仍有些忐忑，感到这样一些变化哪怕是形式上的，也应当有一个自己上级部门的文件依据，现在把公诉人的席位高度降下来，好像着急了一些。

这时，模拟审判就要开始了，法庭书记员亮着嗓门在喊："全体起立！"

赵处长心里又"咯噔"了一下，以前开庭是审判长等各方到齐入座后宣布开庭，就好像大家习惯的开会场景，人到齐了就宣布开始，并没有这个法官进入后全体起立的程序。

这时，旁听席上坐着的所有人都站了起来。三位年轻法官庄重有序地走入审判席，但是参加模拟的公诉人还稳稳地坐着，程序僵住了。所有的眼睛都看向了站在旁听席那里的如琪和赵处长。

这个新变化在赵处长看来，也不是小事，检察机关在法庭上有监督审判活动的职能，监督者要对被监督者起立吗？赵处长觉得关系重大，在没有接到上级通知之前也不好改变。但看着如琪，他也有些为难。赵处长也是法学院出身，他完全清楚，这个程序传达的是一种尊崇法律的理念，把法庭作为法律的具象来表达这种尊崇并非新鲜事，要说也没有什么不能接受的，只是与长期以来的做法不同。此时此地，他的身份是检察官，要履行好自己的职责。

好在只是模拟，都好商量。不一会儿，如琪大声对审判台上的人说"继续"。在书记官一声"坐下"之后，各方才在有些尴尬的气氛中继续模拟开庭。

书记员小常是这次模拟法庭的"被告人"，法院还邀请了一位年轻律师本色模拟辩护人。年轻律师大显了一次身手，毫不客气地与公诉人进行唇枪舌剑，挑了好些证据方面的问题。小常当然也不是一般的被告人，他大声向法庭提出证据不充分、本人无罪的抗辩。被告人和辩护人都放胆在说。赵处长带来的也是精兵强将，双方来回辩驳。作为审判长的法官，没有如往常那样追着双方提问题，而是在引导双方围绕证据一轮又一轮地进行辩论质询，每位参与者在自己的角色定位上都发挥得很好，庭审的激烈程度前所未有，双方把该说的都说到了。

庭审结束了，在审判长宣布把"被告人"带出法庭时，所有的参与者不约而同地鼓起了掌，大家都很享受这种酣畅淋漓的法庭交锋，欣赏每一位参与者的机智和智慧。

如琪很感慨，这样的庭审很精彩，对抗性很强，不过这是模拟演习，参与者都是专业精英，每个人都谙熟法律，也无所顾虑，如果每一个案件都似这样，审判长确实做好裁判就可以了。

赵处长希望与如琪有共识，他向如琪提出"示范开庭时先不要改变原先的流程形式，重点把控辩抗衡的对抗性充分体现出来就好。"

如琪知道问题是回避不了的，她也听出了赵处长的话音。不过如琪也感到没有商量的余地。这次审判方式改革，有反思的动力，就是要更加重视保护犯罪嫌疑人的诉讼权利，譬如把控辩双方的座位摆放于同等高度，就是意在表达双方的诉讼权利地位平等，体现法庭的客观公正。不然对抗也无从谈起，就好比摔跤选手要在一个量级上比赛一样。形式上不一样的高度降不下来，改革的宣示效应也体现不出来，业界和社会的认识评价可想而知。

如琪和赵处长两人都理解而且客气地表示会把对方的意见带回去向领导汇报。不过最终因为双方都在坚持，示范观摩庭没有进行下去。后来，有人向院长反映，示范观摩庭没搞起来，说明如琪还太年轻，书生气比较重，还需要锻炼培养一下协调能力。如琪听说后很生气，她觉得这与协调能力毫无关系。

三

院里有了一些变化。领导调整了，一位副院长被交流到了检察院任职，院里新提拔了一位殷副院长。

如琪的老庭长已经退休好几年，听到消息后专门到如琪办公室来聊这件事。老庭长一直把如琪作为接班人来培养,在他心目中,如琪是最优秀的,更应该得到提拔。老庭长对如琪说:"你也做了好几年庭长,具备了提拔的条件,现在提拔了殷副院长,虽然你的机会还有,但他排在你前面,你的路就被堵住了。"老庭长知道自己这么说也没什么用,只是作为长者想表达一下自己的关心和无奈。

如琪笑笑说:"我就喜欢做法官办案,顺其自然吧。再说自己不擅长交际,也不会与别人有深交,怎么能期望异乎寻常的进步呢?"

"这是你的优点,也是缺点,如琪你要记着,水至清则无鱼。"老庭长看着如琪叹了口气又摇摇头说。

不久,如琪被任命为院审委会委员,成为院里研究重大案件的重要法官之一。

程红消息很灵通,这天一走进如琪的办公室就笑着对她打招呼:"汪委员好!"

如琪脑子里没有转念过来自己就是"汪委员",她下意识地侧身往旁处看了看。办公室门开着,没有别人,只有微胖的程红走了进来。

程红胖了。他出去做律师的时机正好。那会儿社会上好像所有人都在做着大大小小的生意,全民经商成为潮流,商机似乎在所有的地方萌生发芽,无序生长,大街小巷都是公司,名片到处在递发。相伴出现了大大小小的经济纠纷,连讨债公司都有立足之地。法院的案件来源发生了明显变化,经济纠纷案件特别是相互欠债的三角债案件明显增加，程红这种懂法律、会打官司的律师真是有没完没了的业务要做，收入自然不菲。这些年来，程红有了自己稳定的客户群，手下还有了一批人，自己也就不经常到法院来了。所以乍一见程红，如琪还有些新鲜感。

"嘀，有点气派了。"如琪也笑着伸手与程红握了握。

"我不是专门找你的。"程红懂如琪，他不把这句话讲出去如琪就会一直警惕地看着他。

"我来找殷副院长，向他反映我们的案件情况，顺路过来看看你。我在代理一家大型国有企业的一件案子，案件可能会到审委会。"

"你别给我说。"如琪很严肃，眼前微胖的程红已经不是那个跟着她到现场的书记员了，现在他们之间有了执业界限，尽管程红仍然把自己当老师，但自己不能把他当助手。

"这个案件我们已经向纪委作了举报，我们认为对方当事人在侵吞国有资产。"程红说。

看着如琪有些不悦的脸色，程红不敢再多说。其实在自己代理的这个案件中，他看出对方的手段很高明，在以貌似合法的破产方式侵吞国有企业财产。他心里很愤然，觉得这些人的胆子太大，他只想向如琪表达一下愤慨而已。但看到如琪不会听他说下去，也就只好作罢了。如琪的警觉让程红很难堪，不过他能理解。

四

这一天是审委会讨论重大案件的日子。

如琪在发到手的汇报材料上看到了程红的名字。案子是件货款纠纷，对方拖欠了巨额货款，双方都确认了，法院判决也下了，程红代理的原告公司胜诉。但现在应当还债的被告提出了破产申请，一旦破产，原告方的债权基本就没有条件实现了。程红代理的原告公司提出被告方是在搞假破产侵吞国有企业资产，因为对方在申请破产前，虚构债务向关联公司转移了大量财产，程红代理的原告公司向法院提出了撤销被告向关联企业还债的申请，同时对被告公司的破产请求提出了异议。从材料上能看出，他们也向纪委作了反映。

破产法在国家改革开放初期就有了，但那时竞争中有点丛林法则，一些企业破产来得很快，刚听见呻吟，就突然"哗啦"一下倒闭了。而强者选择继续上路寻找新的机会，不会回头理会身后发出的声音。

这是一个混沌的时期，企业自生自灭，很少会来法院立案申请破产。但经过了一段时间的快速发展，现在企业体量都变大了，涉及的债权债务已经超越了三角债，一个比较大的企业破产会涉及诸多社会问题，渐渐地，开始有当事人向法院申请企业破产。

由于企业破产对当地社会的影响较大，法院对破产案件的立案审理也很慎重。

院审判委员会办公室已经换到了一间更大的办公室，老院长已经退休，审判委员会的人员增多了，显著变化是抽烟的委员少了。有几位年轻些的委员喜欢开玩笑，开会前的轻松说笑多了起来。这个时期，经济纠纷案件明显增多，讨论的氛围多了一些带有法言法语进行法理分析的发言风格。没有了老院长的权威引导，委员之间的争辩也多了起来，出现了讨论多次都没有定论的情况。还有一个显而易见的变化，就是坐在汇报席上的法官已经有了一批法学院的科班毕业生，他们中有胆子大一点的还会在委员们的讨论过程中，大声地作一些说明。

现在，办案人全面汇报了对这件破产案件的立案审查情况。从资产负债情况看，申请破产的这家公司确实已经资不抵债，达到了破产的负债比例，符合破产案件的立案规定，但由于债权人反映这家公司此前已经违法将财产转移到关联公司，以破产方式侵吞国有资产，在座的委员都比较慎重。

有委员在向办案法官提问："申请破产企业与被举报的这家公司是关联公司吗？"

"因为被告公司现在的情况已经符合破产条件，合议庭对这个问题认为没有必要去调查。"办案法官显然已有准备，回答得很快。法院毕竟不是侦查机关，对这种超出本案范围带有侦查性质的做法，确实一般不会主动去做。

在座的委员们在他们的升职过程中，可谓人人都经历了许多事，积累了很多有用的经验教训，也历练了把握基本面的能力，他们都是一批很有智慧的人。经过一阵讨论之后，大多数委员认为，明明欠了许多家公司的巨额货款不还，又把自己公司的大量财物以还债为由独往另一家公司走，其中一定有原因。

如琪以刑事法官的思维逻辑提出，如果问题存在，就不仅是破产案件该不该立案的问题，而是应当立破产案件还是应当由公安机关对虚假破产犯罪立案的问题，要进一步搞准，所以有必要对这两家公司的关系和财务往来做初步调查。

委员们也统一了认识，这个案件如果不把这两家公司的关系搞清楚，就没法讨论下去。就事论事做了结，就可能被人利用法院的权力保护隐藏不正当利益。现在进行必要的初步调查，并没有形成司法职权和程序的冲突。

办理破产案件的那位法官还想说些什么，他的主管院领导、也就是那位新近提拔的殷副院长，用眼色制止了他。

殷副院长在法院从书记员干起，在庭长的位置上也干了好些年，脑子很灵活，对人看起来很亲密，但私底下自视甚高。接触中如琪感到他的直觉很厉害，能把当事人之间的利益关系分析得很到位，反应也很快，对他认为不成熟或不妥当的意见，会在其他人还没有表态之前，就点明症结所在，把可能存在的不同意见先进行分析，再提出自己的观点。那些有不同意见的人还没有开口发言，其实就已经先被他批驳了。当然，也还是有几位很厉害的委员会在会议上展开几个回合的讨论。如琪欣赏他的聪明，但有时会感到他的聪明后面还跟着胆大。他的法宝是眼前的利益平衡，至于发生问题的前提和基础可以淡化，他的思维逻辑也常常收到效果。虽然在别人的眼中他的工作做得风生水起，但如琪觉得与他有一条沟壑。

最后，会议决定还是要了解两家公司的关系后再汇报。

五

如琪没想到这个案件中会有慕青的身影。

在翻看汇报材料时，如琪发现一份会议记录上有慕青的签名，而他的身份竟是原告公司的副董事长。如琪开始认为不过是个同名巧合，但认真看了那份材料上的签名后她确信是慕青。难怪这个案件原告一方这样底气十足，以慕青的专业经验，必然是要在案件中找出那些魑魅魍魉的，毕竟，一般人可不会轻易向纪委作反映。

几个星期之后，案件再次上会汇报了。

进一步调查的情况反映，被告公司确实把其最有价值的设备和原料全部以抵债还款方式，转到了另一家企业。被告方的做法存在明显恶意。但两家公司的关系还是没有了解清楚

承办法官依然提出没有必要进一步调查的意见。他提出了新的理由，认为依照法律，即使是恶意还债行为，也已经完成一年多了，从诉讼时效上来说，相对方已经失去了抗辩的权力。这在

第四章 无鱼之水

法律上应当是一个站得住的理由。

和大多数委员一样,如琪感到此案不是个简单的就案适法的问题,恶意还债后面有利益输送,涉及的金额又很大,很可能涉及犯罪,不能以民事诉讼的时效规定来回避。

有委员提出,既然原告方已经向纪委作了反映,那不如暂时不立案,与纪委联系了解他们办理的情况再议。这个意见得到了委员们的一致同意。殷副院长也表示赞同,不过看起来有些勉强。

过了几天,如琪收到了被告方关于还债时的情况说明和一些材料复印件。这些材料完全针对如琪在会上对这个案件质疑的发言内容,仿佛寄材料的人就在一旁旁听了她的发言似的,这让如琪没有想到。让她更没有想到的事还在后面,她被告到纪委去了。

几天后,市纪委一位室主任请如琪去一趟。如琪认识他,他们之间不时有些工作上的联系。在知道这位主任约请时,如琪在脑子里过滤,会是哪件案子可能与纪委的工作有关?以往涉及的案件问题会先给她联系,但这次并未提前告知。

纪委大楼是栋老楼,很安静。与往日在纪委办公室等候开会不同,这次如琪被请到了主任办公室。主任见了如琪,很客气地请她坐,如琪觉得似乎有些不寻常。果然,主任问她是不是认识慕青、程红,如琪点头说认识,也把怎样认识这两人的情况讲了。

主任以信任的态度继续说:"有人向纪委反映,这两个人与你的关系很好,而且曾找你为一个案件的审理帮忙。"

如琪这才明白为什么被请到纪委来,原来有人因为那件破产案件在诬告。她很气愤,如实讲了这个案件和审委会几次讨论的情况。最后她告诉主任:"我讲的这些会议都有完整记录,纪委可以查看调查。"如琪的正派主任是知道的,他了解如琪,大家工作中多有交往,这么些年来,还没有对如琪的告状信,这是第一次。他看着如琪,和悦地说:"请把你刚才说的写下来。"

即便主任的话语很温和,如琪仍隐隐感到一种接受审查的压力。她心里对诬告很忿然,但正如法院的调查取证工作一样,她必须写,而且也只能等待纪委的调查核实。如琪提笔很快写好,同时感觉主任似乎不了解纪委也在审查另一方反映的问题,于是就把纪委另一个部门也在审查此案的情况告诉了主任。

从纪委出来后如琪暗想,为什么在审委会发表的意见这么快就被当事人知道,还利用慕青、程红作为筹码向纪委告黑状?这样的手段肯定来自内部,慕青、程红离开好多年了,外面的人不可能知道。她记起了老庭长曾经的提醒,"水至清则无鱼,你要学会保护自己。"确实,如琪觉得自己还完全没有这方面的意识。

案件的发展真是一波三折。不久,纪委把事情查出了眉目,被转入大量财物的公司正是被告公司利用他人身份开办的空壳公司。这家空壳公司成立后没有经营活动,只是接收了那些转过来的财物。被告公司将债权人的大量财产以还债给空壳公司的方式进行侵吞,然后申请宣告破产将自己保护起来,慕青他们公司是最大债权人,于是也就成了最大受害者。至此,案件由纪委转给公安机关进一步侦查办理,而慕青他们公司则在等待公安机关为他们追回财产。

第四章 无鱼之水

六

这天，慕青给如琪打了电话。

虽然好些年没有联系，但接到慕青的电话如琪并未吃惊。因为在案子办理过程中，如琪已猜到他可能就在市里。

慕青约如琪下班后见面，如琪有些犹豫，但还是答应了。到了约见的宾馆，如琪看见慕青已在门口迎候。十多年过去了，他没怎么变，西装得体，身姿挺拔，似乎更加自信洒脱。

慕青主动伸手有力地握住了如琪的手："刚来就想约你的，但那时案件还没结果，知道你肯定不会出来。现在案件有结果了才敢约你出来坐坐。"慕青心情很好，一直在微笑。他把如琪引到了宾馆大厅的咖啡座区，给自己和如琪都点了咖啡。在氤氲的咖啡香气中，慕青看着眼前这个他曾经喜欢过甚至可以说爱过的女子，还是那么温润光彩，脸廓柔美，额头光滑，眼睛明亮，还是喜欢看着对方的眼睛说话。这样一个单纯美丽的女子，本应该被呵护，却选择做了一个有理想的法官，勇敢地呵护别人。慕青感到，每次接近如琪，总能让他得到净化，受到激励，现在自己虽然已经是个商人，事业轨道与如琪已渐行渐远，但内心深处，他一直舍不得如琪。

如琪觉得下海这件事发生在慕青身上，一点不让人惊讶。说到底，他是一个有勇气、有想法的人，那种毅然决然的壮心她还是很欣赏。慕青走这条路确实是他的性格和兴趣使然，十多年过去了，他虽然变成了一个更讲利益的人，但却并不俗气。他是注重靠业绩证实自己能力的那类人。现在，慕青不会再与如琪讨论正义实现之类的话题，但言谈举止依然带着难掩的正气。看着久未见面的慕青，如琪内心不觉在深深叹息，她很怀念过去的慕检察官。

慕青觉得如琪应该稍微调整一下自己。

"说真的如琪，你最适合的工作就是法官，但你会做得很累，因为你太理想主义，对自己要求太严，而且你不仅用高标准要求自己，还用高标准要求别人，甚至领导，这会使别人感到你严苛，认为你不通人情。我知道，你的内心并不是这样，因为你只有做好了这些事，心里才会由内而外地愉快，但要做到一件事既使自己满意，也使别人满意，这很难，你没有一个这样的环境，因为别人的想法与你并不可能完全一样。"

如琪感到慕青真的懂她，但又觉得他过于现实："一个真正的执法者就是理想主义者，不会也不应该放弃对严肃执法的追求。法律的刚性，来自立法厚重的民生感情，承载着对社会保护的责任，执法者的严格不是冰冷，而是理性，来源于对法律的认知和内心的温度。"

慕青不想和如琪讨论或争论，他觉得她还是没有脱掉书生气，尽管保持这样的纯粹也很难得。他语义双关地调侃说："你就是个仙女。"

如琪知道自己又被调侃，但还是很喜欢这种聊天，与慕青在一起谈些比较脱离现实的话题让她觉得很交心，也很愉快。她想与过去的那个慕青慢慢告别。

七

几天后，纪委要求市法院查明在这个案件的审理中，为什么没有发现利用空壳公司转移侵吞大量国有资产的问题。院纪检组请了如琪和几位资深法官一起调看当时审理慕青他们公司与被告公司经济合同纠纷案件的庭审录像。

画面上，程红作为原告方律师在发言："我们了解到，被告方正在以还债的名义转移资金财产，但被告方与这家公司并无交易往来，被告财务状况并不好，现在以还债之名把大量资金财产转移到这家公司，其逃避我方债权的居心非常明显，这必然导致国有资产严重流失，请法庭对被告账户和重大资产予以冻结查封，或者将案件移送公安机关立案查处。"

被告方律师站起来做出了回答："我方不仅与原告方有交易，与其他方也有交易，对没有纠纷的债权人，该付款的要付款，这很正常，而且与本案并无关联，请法庭继续对本案的审理。"说完他坐了下来翻看着桌面上的材料，很笃定的样子。

"原告方的要求已经记录，待庭审结束后研究，请双方继续对正在审理的合同纠纷举证。"显然，法台上的审判长此刻并不想给出答案。审判长就是那位后来办理破产案件的法官。

之后，如琪和几位同事又调看了案件卷宗，全部卷宗看完了也没有找到合议庭对原告方提出的冻结和将案件移交公安机关请求的讨论研究。不过，卷宗里有一份一页纸的备忘录，是这位审判长当时自记的，说明原告方的请求已向庭长，也就是现在的殷副院长做了汇报，殷庭长要求赶快下判，当事人提出的问题在执行阶段再解决。

"他还是很聪明，有感觉，善于保护自己。"看见这张当时的备忘录，如琪心里想。不过，虽然合议庭的处理有些蹊跷，却还不足以得出什么结论，因为在实际中也有好些这么做的，有的人就是善于踩边办事。

如琪他们没能做出明确结论，只是如实把情况做了汇报。毕竟这不是在侦查办案，法院是个讲证据的地方。在一个非常讲证据的地方怀疑一个办案法官，这是件极其慎重的事，即使有合理怀疑，如果没有充分的证据，也绝不能怀疑。这听起来像是个悖论，但实际就是如此。如琪心想，也许事情在纪委那里可以有发现。

又是一天的忙碌，时间已经很晚，该回家了。

马路上城建挖路的施工到处都是，尘土在空气中弥散。如琪抬眼看见老庭长正在路边独自一人走着，大概是饭后出来散步。昏暗的光线中，看着背已经有些微驼的老庭长，想着他的许多日子，都可能是像现在一样，在如此喧嚣杂乱的环境里散步，如琪

第四章 无鱼之水

心里感到有些酸楚。老庭长来自一个大城市,他们那批人真的非常淳朴,一辈子吃着小民的饭,操着国家的心。国家很乱的那段时间他们也很颠簸,学法律的老庭长大学毕业后分配到现在的城市,做了档案馆的档案管理员,后来总算回到法院工作,可时间又那么短促。此刻,他仍然穿着一身老式的法官制服,在暮霭中盯着坑洼的地面,小心翼翼地绕行。如琪赶快跟了上去。

看见如琪,老庭长开口问:"听说有法官被告到纪委了?"老庭长住在市法院附近的机关宿舍,消息很灵通。

见如琪点头,老庭长接着说:"这个法官的领导经常和他在一起打麻将。"如琪听了笑笑,她知道老庭长在不指名地说殷副院长,她也听说了这样的传闻,工作中也能感觉到殷副院长与这位法官之间非常默契。不过打麻将也不好说有什么问题。她联想到慕青他们那件案子,明摆着无论是否冻结都应该有一个裁定,但一个擦边球就把是非弄得很模糊了。有的人就是会玩法律呀,比起这样一些在法律的边缘玩花样滑冰的动作,聚在一起打打麻将会有什么事呢。

老庭长看出了如琪的心思。

"你不知道那麻将怎么打,输钱赢钱都是可以设计的。而且工作那么紧张,还有那么多时间坐在麻将桌旁,这算正常吗?都是机关干部,麻将打得很大,一次输赢都不小,这些人的钱从哪里冒出来的?"老庭长看起来听说了不少。

如琪只是想陪老庭长走走,所以没有打断老庭长,她在边走边听。突然一下眼前亮了,是街边路灯晚上亮灯的时间了。老庭长一下子看见了如琪那双疲惫的眼睛，意识到她还要赶着回家，忙说："我走得慢，你不要陪我走，你快回去，家里都等着呢。"然后停住脚步不走了，他知道，如果不这样，如琪是会一直陪着他的。

第五章

散落的证据

一

　　也不知何时开始,同学聚会变得时兴起来。大学毕业也十多年了,如琪的大学同学要在桐城相聚。如琪也去了,她想出去透透气,这十多年就没怎么出去过。而且,除了自己和家人外,如琪也不愿意随便与什么人有交往,柳瑶离得远,也不常过来,日子过得很平静,甚至可以说是单调。同学相聚的动议让如琪回想起了大学的快乐时光,心情甚至都变得有些急迫了。

　　到桐城已是下午。在宾馆房间放下东西后,如琪立刻被引到宾馆的KTV里,先到的同学已经在那里嗨歌了。柳瑶也到了,她拿着话筒在唱歌,见如琪进来,兴奋地招了招手然后继续唱。好多同学十多年没见,还是能一眼认出来,甚至一说话就感受到还是过去的性格。虽然大家都是法学院的同班同学,但大学毕业后,除了在政法部门,也有做了教授、官员、律师、商人的。十多年的时间，彼此已经在经济和社会地位上有了变化或者说分化，律师和商人比较有钱，而且有各种消息来源渠道，仿佛比身在官场和政法部门的同学对形势的了解和感受更深。大学四年的共同生活，彼此之间建立了信任，而且大家并不在一个小环境中生活，构不成利益冲突，所以相互聊天都放得很开，调侃和哄笑不断。

柳瑶一首《月亮代表我的心》唱得很用情，在场的同学都听出来了。一曲之后，立马有人起哄：老实交待，与谁的旧情未了？然后又把一位过去对柳瑶有好感的男同学哄上去与柳瑶再来一次合唱。这样的嬉闹令如琪觉得很开心，心绪仿佛又回到了大学时代，单纯而快乐。

如琪看得出来，柳瑶是真正的开心，她的快乐是从心里流出来的。她非常活跃地参加到每个环节的活动中，又在几个扎堆的圈子里出入，有时显得妩媚娇嗔，有时又会大笑着弯下了腰，真是多情又疯傻，纯粹像个恋爱中的女人。

晚上，如琪和柳瑶在同一个房间休息，如琪开始了盘问。其实就是如琪不问，柳瑶也会倾诉的，因为早在大学期间如琪就是柳瑶恋爱的倾听者。

柳瑶喜欢的是自己的助理，或者按柳瑶说的，是助理先喜欢上了她。这位助理如琪在柳瑶过来办案时见过，也听柳瑶介绍过，因为他的过硬学历和年轻气盛，如琪是很有印象的。但如琪记得这位助理研究生一毕业就到了柳瑶的律所，这才几年呢？

"是我见过的那位助理吗？"

"是的。"柳瑶有些娇羞地点点头。

第五章 散落的证据

"他和你的差距也太大了些，不仅仅是年龄方面。毕竟你们的生活经历不同，很多方面的差异都很大。"还有一句话如琪忍住了没说，柳瑶有过婚史，还有一个孩子，而这位助理是一位未婚男。

柳瑶猜透了如琪。

"你认为我带着孩子又离过婚，两人的世界完全不同吧？其实这一切也是偶然。当时他在失恋中，女方认为他没有能力在深圳买房，要他回到女方所在的城市，他不愿意，也不想分手，很痛苦。比较熟悉之后，他会主动告诉我一些烦恼痛苦，我只能安慰他。最终他们还是分手了。过了些日子，他居然向我表白了感情。当时我真的蒙了，我对自己也对他说，这怎么可能？然后毫不犹豫地拒绝了他。但是工作还是要继续，而且他那么能干。时间长了，我觉得他很懂我，在工作上是这样，在其他一些我不太了解的事情方面，他也会为我想得很周到。渐渐地，有他在我觉得很快乐，于是也就慢慢接受了他。但我也不知道这是不是结果，反正还有时间做考虑。"

柳瑶问起洪阳。

如琪把对洪阳的担心对柳瑶说了："我觉得洪阳并不愉快，他编发的稿件主任常常要挑问题，比如观点不鲜明、表达太啰唆之类，这让他很不痛快。洪阳说他也不知道领导想要怎样的效果，更多时候干脆敷衍了事。主任也看出来了，觉得洪阳有些自以为是，自然也就不那么爱护他了。洪阳有时回家也会发牢骚。"

"我就不明白，你们两人干吗非得在那里待着，为什么不换个环境？"柳瑶说完打量着眼前的如琪，大学毕业十多年了，穿着打扮还那么简单朴素，一身浅驼色的西装裙服，黑色的船形皮鞋，典型坐机关的人。她身上看不到女性常见的耳环、项链、手镯、胸花，只有发型跟当年不同了，略长的头发卷起后用发夹收紧，整整齐齐夹在脑后，露出了饱满的额头和俏美的下颌，双眼皮下的眼睛还是那样亮，总是略带笑意，聪明、自信又不失温柔。

柳瑶有些惜爱、有些嗔怒地说如琪："还那么单纯，你以为还在读大学呀！"

如琪不作声，她觉得自己很享受法官这个职业带来的独立思考的快乐和充实，真的不想离开。

二

从桐城回来后，如琪被点名要求到省法院挂职，帮助办案。

如琪比较喜欢省法院的工作氛围。这里进人的起点很高，特别是年轻一点的，几乎都是法学院研究生毕业，他们对法律问题都有浓厚兴趣，喜欢进行研究、讨论和争论，这也是如琪感兴趣的。只是如琪觉得他们对实际的了解还不够深，对立法本意的体会有些不够。

如琪被安排到刑事审判庭。

省法院刑庭办理的都是重大刑事案件。她的庭长就是那位全省刑事法官都很膜拜的高庭长。高庭长不仅个子高，而且智商、

第五章 散落的证据

情商都很高,给人睿智深刻的印象。来了不久,如琪就听他讲了一堂法律实务课,讲得很好,如琪很欣赏。

如琪在市法院当庭长已经有几年了,这次又有机会作为审判员伏案看卷,做阅卷笔录,她感到很兴奋。她了解自己,知道自己特别善于从各种现象中找到犯罪行为之间的联系,排除并无联系或不能说明问题的旁杂材料。每当深陷于对案件的思考和分析的时候,她的脑子里常常好似有那么一束激光,在剔除干扰信号,快速寻找建立起相互联系的网络。大脑运转的这个过程让她感到既紧张又酣畅,但别人看到的只是她在那里就像一台电脑一动不动,一坐就是半天,而且滴水不沾。

如琪很快承办了一件强奸杀人的恶性案件。每次办理重大刑事案件,如琪最受折磨的是看那些现场照片,那些被杀害的尸体照,张张都在呈现着被残害的人体以及喷溅的血迹。她总是尽量不去触碰照片,只是捻着纸页翻看。

这件案件的被害人被发现时尸体已经腐败,是个正在上高中的女孩,晚自习后失踪,几天后才在县城水库侧畔的乱石堆下找到尸体。

一件摊开的女上衣,一旁放着几块石头,卷宗里这张没有说明的照片引起了如琪的注意。这是被害女孩当天穿的衣服吗?公安刑侦人员找到被害人遗体时,她的上身穿着一件薄毛衣。当时已是深秋,被害人从学校往住地走,应当还穿有外衣,如果没有其他发现,那这应当就是被害人当晚穿的外衣。可这几块石头放在旁边想证明什么呢?而且,也没有看到有被害人的书包照片或

99

说明，她是在下晚自习的路上被挟持的，应当有书包。

把看卷宗发现的问题整理好后，如琪就到了看守所提审被告。

被告人身体粗短结实，作案时刚满二十岁，已被一审判了死刑。看守所要好多年才羁押一次死刑犯，关押在里边的人也都知道他是杀人犯，这反倒让他觉得这个身份似乎是一种炫耀。省法院来提审了，他出去时脚上的脚镣哐啷哐啷响，监所里有窗的地方都有眼睛在往外看，他觉得挺来劲。

看到省法院来提审的是位女法官，他有些失望。他被判了死刑，也服判不上诉，就等着被执行了。现在与其说他在等提审还不如说他在等提审时有机会可以抽一根烟，他的日子不长了，能吸上一根烟就很销魂快乐，但现在看见来提审的是一位女法官，实在令人沮丧。他又有些不甘，因为再没有机会了。一进提审室他就喊："报告干部，我捡一下东西。"

顺着他眼睛的方向，如琪看见地上有两个被踩扁的烟头。在看守所羁押的人犯是不能吸烟的，如琪也遇到过这样的情况，被提审的人犯常常会请求提审人给支烟吸，碰上也是一位吸烟的提审人，这种要求一般都会得到满足，他们会急不可待地接过已经点燃的纸烟，深深地吸进一口。那支烟瞬间闪亮红艳，然后出现长长的一节灰烬，徐徐落下。烟雾中的囚犯十分满足，仿佛又回到了从前的日子。

如琪不会带烟，如果同行的书记员递根烟她也不会制止，但从地上捡起被人丢弃的烟头来满足他想抽烟的快感，她不能答应。有损人格的事，即使是死刑罪犯也不允许。

第五章 散落的证据

被如琪制止后,被告人沉默地坐在提审室中间的板凳上,低着头看着自己双脚上的镣铐,心里很烦,之前已经被一遍又一遍地询问,现在这位省法院的女法官又要他像过电影那样一格一格回放自己的犯罪过程。

"你还记得那天被害人穿的衣服吗?"

他当然记得。她的身材很丰满,上身穿了一件白色的运动衣,里边是件鲜黄色的毛衣,在晚上看着也很好看,所以才跟踪她的。他有鲜明的记忆,也很快做了回答。

"那天找到被害人尸体时,她身上的衣服还在吗?"

那一幕至今让他骇然,她的尸体已经腐败,膨胀鼓出的眼球几乎掉在眼眶外,她似乎带着巨大的冤屈和痛苦惊恐地看向他,鲜黄色的毛衣满是血污。她有过激烈的反抗。她的那件白色运动衣和书包在她挣扎时被扯掉在地上。他把她拖到一边埋了之后,又回到现场把她的外衣和书包捡起来,将书包埋在水库边山坡上,衣服丢在水库里。没走几步回头看见衣服还浮在水面上,就找了几块石头朝衣服砸去,石头落在衣服里,石头的重量慢慢把衣服沉下看不见了。他觉得自己没有什么需要隐瞒的,就都说了。不过他感觉这次说得最详细最完整,差不多像看电影一样,又清晰地回看了一次当天作案的所有情景。

提审结束后,如琪和书记员到了县公安局。

县公安局在县城中心的一栋两层楼里,办案警官很客气地接待了如琪。听如琪问到书包,警官反应很快。

"有，是被一个放牛娃在山坡上发现的。当时案件已经移交给检察院了，书包就存在了我们这里。"随后，他到保管室找出了书包。

书包里有课本，上面写着被害人的名字。

"对书包进行过辨认吗？"如琪问。

"没有。我们这里多年没有发生过命案，当时破案的压力很大。要说这个案件也算运气好，及时破了，在被告人的衣服上发现了被害人的血迹，抓住嫌疑人后他带着把被害人的尸体找到了，又找到了他砸死被害人的石块，上面也有被害人的血迹，血型鉴定也吻合，被告人的供述与案件证据都能相互印证，我们就移送起诉了。就想能判快一些，及时打击，让社会情绪平稳下来。"警官很诚实。

"这张照片是怎么回事？"如琪把那张有上衣和石头的照片拿给警官看。虽然在这次提审时被告已经讲清楚了，但作为公安提供的照片，卷宗里没有说明，那也还是需要他们做出解释的。

真是心细如发，警官在心里苦笑，这些小问题竟都被不客气地找了出来。

"案发好几天后，有人报告说在现场附近水面上发现了这件衣服，分析可能是被害人当晚穿的外衣。我们赶去时看见衣服半浮在水面上，有几块石头裹在衣服里面，早前勘查现场时没有被发现。不知道凶手为什么这么做，可能是为了让衣服快速沉到水里。但衣服是那种有浮力的材质，裹在里边的石头也不大，没沉到底，漂移到水深一点的地方就又浮出水面了。当时提取了衣服也拍了

第五章 散落的证据

照，不过被害人亲属没有辨认过，考虑到案件已经破了，证据也很好，就只是把拍的照片装到卷宗里了，但究竟是不是符合我们分析的情况，确实还没有进一步做核实工作。开庭时我去旁听了，被告人完全认罪，还表示自己不会上诉。"

"他认罪了也不代表这些工作可以不做。"如琪正色回应道。警官知道这话的分量，省法院法官是对死刑案件最后把关的人，他们的细致严格警官还是认同的。警官认真记下了如琪法官要求补做的工作。

接下来，如琪只剩下一件事了，就是去看现场。

早上，如琪从被害人学校出发，按被告人交待的当晚作案路线徒步往现场走。冬天的山区非常寒冷，特别是走近水库时，如琪感觉脸都快被冻僵了，手指也被冻得生疼，好在脚走得很暖和，所以走路的速度也比较快。中院的法官陪同如琪一块儿到了现场。如琪不熟悉环境，一脚踩进一个水凼，冰冷的水立刻灌进鞋里，像扎进无数根针，很快就自下而上地扎疼了她。然而荒郊野外没有任何办法可想，如琪只好拔出脚自嘲地说："没事，淹得不深。"然后泰然自若地把灌进鞋里的水倒了倒又穿上。

看完现场大家往回走，中院的陪同法官很自责，觉得自己没有把如琪照顾好，一进县城就抢着给如琪买了双新鞋。如琪也很感动，没有推辞立马穿上了。她知道，只有这样他们心里才会觉得好过些。几人在街边一处小饭馆停下来吃午饭，要了一锅在火上烫煮的汤锅，一起围在铁炉边吃上了。除了如琪，其他几位都是男士，他们还是忍不住去要了两斤饭馆卖的土酒，笑着对如琪说："天太冷,喝点。"几个人很快热闹地喝开了,还兴致勃勃地划上了拳。如琪平时不喜欢看到自己庭上的法官们聚在一起喝酒,觉得不符合法官形象,但现在看着他们喝得高兴,想着在这样的天气完成一次任务不容易,并且这也是他们快乐的一部分,于是不再多言。

三

　　不久,县公安局把补充材料送来了。被告人指认了埋藏书包的地点与发现地是一致的,笔迹鉴定也证实,书包里课本上的字是被害人的笔迹,书包和河里捞起的衣服也经被害人父母辨认过,是被害人的,可以结案了。

　　这是如琪来省法院挂职后办理的第一个案件,所以高庭长亲自主持了讨论。合议庭成员还有曾心蕾。

　　曾心蕾年龄与如琪相仿,重点大学毕业的法学研究生,一直在省法院工作,而且一直在做刑事法官,法律功底深厚,喜欢从法学思想层面想问题,有一种沉稳大气的风格,是高庭长最信任的法官。她很敏锐,会抓住关键不断提问、追问,如琪很喜欢与她在一起讨论案件。她经常加班,常常很晚才离开办公室。后来如琪了解到,这其中有工作的原因,也有家庭的原因。据说她的丈夫性格固执,家里凡事都要按他的习惯办,而心蕾在生活中又是大大咧咧的人,两人磕磕绊绊多了,相互就有了芥蒂。心蕾为减少矛盾干脆采

第五章 散落的证据

取回避的鸵鸟政策，家务事少管，把更多时间用在工作上。

对如琪的汇报，心蕾听得很仔细。内心里她还是有些不那么放心来自下级法院的法官。

如琪向合议庭汇报了案件的证据材料，也把补做的工作和结果做了汇报。讲到被害人白色运动上衣里包裹着石头时，心蕾警觉地问："被告人能说清楚吗？"

"被告供认，当时把衣服扔进水库时，见没有沉下去，就捡了几块不大的石头往衣服上砸去，见衣服沉了下去自己就走了，但究竟扔了几块石头他也记不清楚。"

"那么衣服被发现时是浮在水上的？"

"是的。为这个问题我走访了侦查机关的技术人员，他们解释说，被害人的外衣有一些防水性能，衣服里的石头比较小，河水浮力大一点的地方，沉下去又浮上来的可能是存在的。浮上来后，那几块石头反而就会被包裹在衣服里边。被告人的交待是符合那个环境特点的。"

"为什么这个细节被告人在原审中没有供述？"

如琪知道，心蕾在分析排除还有没有其他人。

"这个问题，公安办案人员也做了说明，因为这个案件在当地影响很大，他们希望及时惩罚凶手，以平民愤，就以当时已经查实的主要证据抓紧移送审判了，没有追问一些细节。"

心蕾不再提问了。

如琪认为复核过程中，对这个案件补充的几个证据都是补强性的，也具有排他性，现在认定的证据更加充分确实，她提出了同意核准原审判决的意见。

听完如琪的汇报，高庭长很满意。一个案件证据链在时间空间上的完整契合，才能固定在那一刻形成的特有犯罪和犯罪现场。在这样的逻辑下，意味着任何犯罪都有其特定行动轨迹，这个轨迹就是刑事法官需要建立的犯罪证据链，要以缜密的思维，找到散落在这条轨迹上的每一个证据，不能有疏漏，没有任何证据是多余的。如琪在办案中已经体现了这种严谨思维。

但如琪没想到，心蕾竟提出对案件发回重审的意见。"这个案虽然案件事实清楚，证据也确实充分，但几个重要证据是在复核期间发现提取的。我认为，应当回到原审法庭对新证据进行质证后才能采用，要体现法庭对案件审理和证据采信的决定性作用，也要体现审判程序的公开公正和依法，更要体现死刑案件必须做到证据确实充分合法。"心蕾说得很不客气。

高庭长也同意将案件发回重审，他认为死刑案件必须有最严格的证据标准，要让死刑案件的办理起到示范作用。

如琪完全被高庭长和心蕾说服了，这次讨论给她上了一课，她觉得有些惭愧。

四

不久，如琪听到了市中院那位办理破产案件的法官因为收了申请破产方的钱被追究刑事责任的消息。纪检组制作了一部廉政教育片,选编了几个案例,这个案件也在其中。纪检组通知全院人员观看,这天如琪也回去观看了。

市法院的大会场全被坐满。眼前的大屏幕上出现了已被判刑的前法官的画面。下面观看的人有认识他们的,相互之间或小声议论或帮助旁边的人回忆,引起对方的恍然大悟和惊叹。而当那位大家都认识的本院昔日法官同事出现在屏幕上时,大厅里立刻变得十分安静。屏幕上的他坐在一间屋子的中间,低着头,驮着腰,带着哭腔在请求得到宽大处理。

如琪鄙视地看着他的乞怜,心里有些不解地在想:他自己也是办案的,就真相信自己那么有本事吗?难道不清楚少数人干的坏事,会有更多的人在查办吗?诉讼制度对不公正的判决有救济程序,枉判了案件,人家也会申诉反映呀。

这天,如琪得到一个让她震惊的消息:老庭长的爱人去世了。老庭长的爱人在市检察院工作,早些年曾是全市有名的十大检察官之一,非常有巾帼风采,犯罪分子都很害怕落在她手中。只要是她作为公诉人的案件,每每都会在法庭上把犯罪分子的狡辩驳得无话可说。时间久了,那些关在看守所里的人犯也学会了分析,认为只要是她作为公诉人的案件,一定是重罪案件,被告人最终也会被重判。不久前,如琪听说她生病住院了,还专门到医院看望了她。当时病房里没有人,到处都是白色,只有一张病床。她静静地躺在那里,头上戴着一顶医用白帽子,身上盖着厚厚的白色被褥,看见如琪,她眼里流露出感激的神情,那么柔和,但显然已经没有挪动身体的力气了。看见她躺在那里那么无力无助，如琪很难过。一个多么坚强的人，会被病痛改变得这样了无生气。她的平静显得是一种对解脱的等待，内心的重负似乎都卸下了。但她显然不想让人看见自己现在的样子，她轻声催促如琪赶快回去。在这一刻，你才会感到她的坚强仍然存在。

心蕾与老庭长夫妇也很熟悉，于是如琪约上心蕾一块儿去看望老庭长。与老庭长在一起工作多年，如琪还从来没有去过老庭长家。

她们找到了老庭长家住的法院自建楼。这还是老院长时期建的宿舍。老院长是个讲原则的人，他不会有任何违反规定的决策。修建的宿舍面积都不会超过标准，对老庭长这样一个有一儿一女的家庭来说，90多平方米三室一厅的房间，刚好解决了刚需问题。当年，房子对家庭来说太重要太稀缺了，因为没有商品房，一个单位如果有几套待分配的住房，所有人都是盯着的，每个人心里都有一张有先后顺序的分房名单，如果顺序被打乱了，这个挤上来的人的个人情况、社会关系、与领导的私交等就会被所有人捋个遍，那个刚好被挤掉的人会不惜撕破脸皮去反映，甚至大吵大闹。分房要讲的条件很多，当然最重要的是级别。当年，老院长为建单位的宿舍楼和分房花费了大量精力，这不是他擅长的事，但必须花时间精力去做。后来如琪渐渐明白，当你的法官事业有了进步被提升后，你的职位越高，那么离具体办案其实就越远。单位一定意义上就是个大家庭，领导就好比成了家长，为了让属下安心工作，领导必须帮助他们解决各种具体问题，要管的大事小事实在太多了。

老庭长家很简朴，干净整洁，房间没有做过任何改造，除了桌子板凳就是床和衣柜，看不到任何装饰。房间里弥漫着忧伤，老庭长和孩子们为她设了一个祭台，摆上了她的相片。相片上的她还是那么严肃，这是他们心中的定格。

五

从老庭长家出来后，如琪和心蕾拐进了一家咖啡厅，俩人都想进去坐一坐。话题自然谈到了老庭长的爱人，心蕾告诉如琪，当年老庭长爱人的初恋是高庭长。

如琪有些没想到。不过她知道，老庭长的爱人心高气傲，与老庭长忍让谦恭的性格不同，俩人不是很合拍。想着高庭长的才华，如琪对心蕾说，如果当年她和初恋的高庭长结合，也许会更顺心一些。

心蕾有些不以为然，她认为高庭长也是个很有性格的人，要真在一起，说不定中途就会分手。老庭长的性格很好，总是迁就她，对她来说其实是非常合适的。对婚姻不能有太多的想象和理想化，不然会伤害自己。她笑着问如琪："你在街上走走，看看那么多的男男女女，就算都让你挑选，你看得顺眼的有几个？这倒不是挑花了眼，而是对不上眼。如果太理想化，那就只能在不真实的等待中虚度了。"

如琪觉得心蕾说的也在理，于是问："你觉得高庭长放下了吗？"

"只有傻女人，哪有傻男人。男人以事业为重，家庭生活并不是他们的唯一。高庭长是个非常有事业心的人，他的兴趣志向都在工作上，我还真看不出他有什么不快乐的地方。"

心蕾太犀利了，如琪只有默然。她又回想起老庭长家里刚才那张表情严肃的照片，似乎终其一生她都并不快乐。如琪心里很为老庭长的爱人难过，她可能太痴情了。

第二天，高庭长请如琪到他的办公室去。高庭长的办公室靠墙壁一面都是书柜，如琪迅速扫看了一眼，里边都是比较大部头的书，法学、哲学方面居多，整个书柜散发着一种沉思严肃的气息。如琪心怀敬意地坐到了高庭长办公桌前的椅子上，这一刻她注意到，高庭长身后的书柜一角，有张栀子花的照片，一株花蕾含苞欲放；相挨着的另一株，花瓣舒展，形状饱满，淡黄色的花蕊和细嫩的蕊丝呼之欲出，清新脱俗，充满生机。如琪顿时记起，昨天老庭长爱人的遗像前，也摆放着这么一幅一模一样的照片。老庭长说，这是爱人早年拍摄的，她很喜欢，一直放在床头。如琪心里感动异常，自己无意间竟洞悉了高庭长的内心。他有事业有胸怀，除了工作无欲无求，却想不到在内心一角也始终开放着两株栀子花，静静地，香香地，陪伴他日日夜夜。她抬眼认真看了一眼这个男人，身姿瘦削挺拔，有些花白直立的头发，不露好恶的神色，一切如常。但如琪却分明从他的眼睛里，看见了深深的悲戚。

高庭长征求如琪的意见，问她是否愿意到省法院工作，来了不能做庭领导，只能做普通法官。

如琪自己也有预估，这两年法院的案件一直在上升，有经验的法官很缺。省法院办理的都是重大案件，对法官能力水平要求很高，他们这批来挂职的同志很有可能会被选留一些。但如琪也知道，市法院很看重和培养自己，自己对市法院也有感情，舍不得离开，她没有马上作答。

高庭长同意如琪考虑好再答复，还说："你很适合到省法院工作，希望你能来。"

六

晚上回到家，如琪还没来得及开口，洪阳却先对如琪说，自己想辞职。

对洪阳的辞职想法，如琪并不感到吃惊。洪阳是一个很清高的人，这些年他工作上得不到重视，一直很不顺心，他也不想委曲求全，渐渐变得很愤懑。这种情绪已经被他带到了家里，如琪觉得他现在有些刻薄了，所以也愿意他做些改变。

"你想好了就行。"

没想到这句话竟惹恼了洪阳，他勃然大怒："你是不是觉得无所谓，我怎样都行，都不重要是吧？"

如琪很愕然，她没有料到会这样，这不像她熟悉的洪阳，只好不再作声。

洪阳辞职以后做什么呢，这是她和洪阳共同的困惑。他们的家庭背景都是一般机关干部，完全没有市场经验和人脉，更没有经济条件。俩人工作了十多年，家里没有积蓄，生活只是不借债而已。看着家里的摆设，如琪过去为之心安，现在却有些难过。真的，除了必需品外，家里没有一件多余摆设，她没有想着要与别人比生活高低，但也不想过得很可怜，她觉得这与尊严有关，谁也不想过没有尊严的生活。洪阳和自己都已经四十来岁了，要转变就得抓紧。

既然洪阳要辞职下海，如琪想那就让他出去搏一下吧。这也促使她下决心到省法院。虽然大家都知道，如琪是市法院重点培养的人才，在市法院的前程会更好，但如琪想，到了省法院，自己只是做普通法官，不当庭长会单纯一些，可以多兼顾一下家庭，好让洪阳在外面放心做自己的事。第二天，如琪一上班就找到高庭长，表明自己愿意调省法院工作。

不久，洪阳的同学介绍了一个做房地产的老板朋友来市里考察，洪阳陪着他转了两天。这位王老板觉得这里虽是三线城市，经济比较落后，但毕竟是省会，而且这里的房地产开发基本还属于空白，很值得投资。洪阳听了他的分析，觉得很有道理，联想到自己的居住环境，周边私搭乱建的房子越来越多，还有很多小

第五章 散落的证据

餐馆，出门就有油烟味，要想找一个清静点的地方居住，谈何容易呀。市里的房子都是各单位自己建的，要得到批准的单位才能有地有钱建房，单位还要分大小强弱，像洪阳他们杂志社这样的小单位根本不可能挤得进去。如琪他们法院虽然算有影响的大单位，但人多，资格老的也很多，单位给分了一套70平方米的小三间，如琪已经感激万分。由此及彼，洪阳觉得有这种需求的人很多，在本市搞房地产开发一定会有前景。洪阳的心有些活动了，觉得可以考虑和这位老板一起干，但一想到这位老板外形粗俗肥壮，谈吐也很直白，为他打工，洪阳还是多少有些别扭。

王老板很直接，他要洪阳介绍认识银行搞贷款的人，他需要得到银行的资金支持。渐渐地，洪阳有些听明白了他的想法，王老板自己有一些资金，但缺口很大，需要贷款作为启动资金。有了启动资金，再去找批件，得到土地和开发许可后，就可以做房屋预售，先把楼花卖出去，有了后续资金，再把全部楼盘建起来。洪阳没想到时间可以为金钱的流转打造出这么大的空间，这种资金运作他过去是完全没有感知的。以他有一分钱办一分钱的事的经济观，他觉得这简直就是一种变钱术，而且完全合乎逻辑，他有些知道王老板的厉害了。

洪阳把打算出来跟王老板干的想法告诉了如琪。如琪担心王老板不靠谱，她说这些年法院判的案件中，相当一部分都是搞合同诈骗的：他们签了合同就拿钱走人，可别碰上这样的人，要警惕一些。洪阳还是坚持自己的想法，他实在忍受不了在单位被边缘化的感觉，急切地想换种活法。最后，他退了一步，答应如琪不辞职，先申请停薪留职，有一个退路。

七

洪阳的停薪留职申请很快被批准了。因为一直以来，市里经济欠发达，原本就出台了政策，鼓励机关干部停薪留职搞实业。但杂志社的人往往更加理想主义，习惯安贫乐道，始终没谁为钱下海，洪阳是头一个申请停薪留职的。虽然他的初衷不是为钱，但依然被单位舆论一致打上了这个烙印。

郝伊丽也很快得知消息。这天下班后，她约洪阳到附近的咖啡吧坐坐。郝伊丽也有了自己的家庭，洪阳有些担心别人的议论，但想到自己很快要离开这里，犹豫之后还是去了。这天不是休息日，咖啡吧里人不多，里边的布置有些像居家环境，欧式的软座沙发，墙上贴着有玫瑰花的墙纸，只有一面临街，没有明亮的落地玻璃，房间纵向伸展，视线有些暗，洪阳进去后，看了一会儿，才找到郝伊丽的坐处。

洪阳在郝伊丽的对面落座，他感觉到对方正在仔仔细细地看着自己，心里有些感动。这些年，郝伊丽一直对他很好，也很为他的境遇愤愤不平。

郝伊丽理解洪阳的委屈，她一直为他的才华骄傲。虽然如今的洪阳其实并没有什么明显优越的地方了，但每天能和洪阳一块儿工作就是她的享受，她不求别的。现在洪阳要走了，她要留下来独自忙碌、回想，这真是件煎熬的事。于是郝伊丽也决定要换个活法。当年因为这座城市有洪阳，她在父母去世后义无反顾地留了下来，现在洪阳走了，她也要离开这座城市。她悲伤地看着洪阳，内心在为自己流泪。她不知道自己以后会过得怎样，会不会离痛苦远一些。

看见郝伊丽的眼里泪光莹莹，洪阳有些不知所措，只好不说话，默默地陪着她。泪珠终于滚了下来，她抬起头，擦去，然后轻轻地对洪阳说："我要辞职。"洪阳听了有些惊愕，郝伊丽却浅笑了一下说："这是我自己的决定，与你的停薪留职没关系。辞职后我会离开这座城市，回广州工作，已经有同学帮我在那边联系好了，下个月就上班。"

洪阳当然明白她做决定的缘由，自己停薪留职，也是不想让所有爱他的人失望，这其中也包括郝伊丽。他伸手把郝伊丽的双手握在自己手中，不知道该说些什么。郝伊丽为自己付出了太多，她已经有了自己的家庭，但听说他们过得并不好，这有洪阳的原因。洪阳也认识郝伊丽的丈夫，觉得他俩确实合不到一起，他们的思想、情趣和习惯都是不同的两个体系，而且这两个体系都是闭合的，相互不接纳。原本就是完全不同的两个人生活在一起，自然很难感到相互依赖牵挂的温存。这种相互的不接纳问题多在郝伊丽这边，一直有洪阳做参照，难以放下，而对方的性格和习惯也很难改变。虽然洪阳并没有做错什么，但他始终感到对郝伊丽和她的家庭怀有歉意，现在郝伊丽要离开这座城市，他有些伤感，但更有一种解脱般的释然。

洪阳最终还是去了王老板的房地产开发公司。王老板让洪阳做办公室主任，公司在市中心最好的商务写字楼租了一层办公。待遇自然今非昔比，比在杂志社翻了几倍，而且给洪阳配了一部最高端的"大哥大"。如琪看着洪阳又变得生气勃勃，很为他高兴，但一些他们过去很难接受的譬如请客吃饭之类的事情，现在变成了洪阳的常态，如琪也无话可说。她知道，这在商业性公司无可避免，只是洪阳常常在晚饭后还要陪同客人到KTV唱歌，很晚才回家，这让如琪有些接受不了。

洪阳为公司做的努力有了成效。公司已经在本地注册了，贷款也批了下来，这许多是靠了洪阳的个人关系才解决的，王老板对洪阳很满意。洪阳觉得过去在杂志社虽然不顺心，但干的工作服务社会和读者，提供的是精神食粮，终归很高尚。而现在，自己在为一个老板卖力服务，还是个从打零工的泥瓦匠起家、小学文化的老板。虽每每需要调整心态，但他也确实看到了王老板这类人的过人之处。现在项目批了下来，一切都进入了良好的运行状态，洪阳每天有很多的事要做，不停地在忙里忙外，他很喜欢这种状态，毕竟已经很久没这样了。

洪阳了解到王老板以前曾与人合伙建了一栋楼，挣了些钱，这次因为开发新楼盘又借了不少。洪阳把他知悉的欠款数算了一下，吓了一跳，总共有三千多万。但是，如果公司这次能把在建工程做下来，挣个大几千万也是有把握的。洪阳看明白了王老板赚钱的门道，渐渐竟有些佩服。这类人胆大，不怕风险，敢下水，不像自己，如果有个几十万的债务，一定会被压得喘不过气。

王老板经常请人吃饭喝酒，但洪阳根深蒂固的文人气息在酒桌上总闹不起气氛，王老板只好又找了个喝酒非常厉害的办公室女秘书，人也长得妖媚，非常符合王老板的需要。洪阳也渐渐看出了自己的优势，那就是善于分析大势，有预判性，能为公司提供很多前瞻性意见，很得老板赏识，没多久工资又涨了好多。

八

如琪正式调到省法院来了。

这天早上，人还没走进办公室就接到通知：高庭长请她去接待一下案件当事人。

原来省法院大门口有人在大哭大叫："严惩杀人凶手！"

如琪看清了是那件发回重审的强奸杀人案的被害人父母。他们拿着被害人的照片在哭喊，身边是一些村民模样的人，还有人打着一幅严惩凶手的横幅，不少路人正在围观。如琪知道，这个案件发回重审后，被告人在重新开庭时翻供了。这也是发回重审案件通常会出现的情况。因为被告在案件被发回重审后，有了生的渴求，会以自身的认知来进行一次探试，包括索性彻底翻供不认罪，以求侥幸争取有一个改变原来判决的结果。

被害人亲人的悲愤情绪很强烈，他们不能接受省法院撤销对杀人凶手的死刑判决将案件发回重审的裁定。这是在给罪犯机会吗？这有天理吗？他们手里捧着的那张被害少女的相片那么青春，围观的人无不对两个失去了女儿的父母动容，也想看个究竟，人渐渐多了起来。省法院紧邻大街，又正是上班高峰，已经有围观的人站上交通护栏，人再多恐怕就会站到护栏外的大街上，引起车辆堵塞，喇叭声就会此起彼伏……如果派法警驱散人群，对围观者来说就更有好戏看了，三两个法警不仅难以驱散人群，观看的人反而会在被驱赶者闪躲或冲突时发出哗然的笑声。

如琪请上访的人群到接待室去，但他们不想听这位年轻女法官说话，他们要院长出来接待，他们想要一个判处被告人死刑的承诺。围观的人越来越多，必须尽快把上访人引进接待室。如琪盯着那位打横幅的年轻人，语气强硬地告诉他，这里不允许打横幅，要他把横幅收起跟自己进去。看见自己被如琪盯上了，那年轻人也有些胆怯，终于裹起了横幅跟随如琪进了省法院接待大厅，其他上访村民也跟进来了。

接待室里，那位拉横幅的年轻人向如琪提交了一份有几十人签名捺手印要求枪毙杀人凶手的请求书。年轻人站在如琪面前义愤填膺地说："为什么不枪毙杀人凶手？搞什么发回重审？现在凶手翻供说不是他杀的人，凶手家有人在县里当官，你们拿了他家多少钱？"

如琪理解他们的愤怒，但一时很难把法律对死刑案件的严格把关要求给年轻人讲明白。

"你们一定要相信法律、相信法院,法院一定会依法公正做出判决。重新开庭审理时你们可以到场旁听,进行监督。"如琪只能以自己的耐心和诚意,几乎用了一上午时间解释,终于让他们平息了情绪。

九

这些年来,如琪亲身参与的司法改革一直在坚定推进,审判庭的设置已经把公诉人和辩护人的座席规定为同一高度,法官开庭入席时全体人员起立。最具标志性的改变是法官不再戴佩大盖帽和肩章了。法官戴大盖帽、佩肩章是从二十世纪八十年代早期开始的,这种近似军人的着装表达了法院是强力国家机器的定位。现在,法官改穿蓝黑色的小翻领西装,胸前佩有法院天平标志的徽章,开庭时要穿宽大的黑色法袍。从大盖帽到黑色袍服,象征着从强力的专政形态转变到规则治理的法治形态。经历了几乎一代人的时间,社会很平和地接受了这个形象改变。

今天,如琪第一次穿上法袍开庭。法袍很宽大,不太看得出胖瘦,但走起路来稳重端庄,她很喜欢这样的感觉。黑色的法袍有独立理性的寓意,比较符合法官在法庭上居中裁判的形象。今天要审理的是那件发回重审的强奸杀人案,原审法院在重新审理后还是对他判了死刑。这次被告不服上诉了,他承认当晚挟持了女孩,但因为女孩不从,他害怕暴露就逃跑了,至于女孩后面被强奸杀害的事他表示完全不知道,几乎全盘翻供。

与如琪早就打过交道的徐律师是法庭为被告人指定的辩护人,他已经以严格的证据要求审看了全部证据,并特别注意看了案件补充的新证据。新证据补强了证据链,程序合法,在证据确实充分的考量上没有问题。徐律师感到有些无从辩起,不过毕竟是位有丰富经验的辩护人,他还是找到了重点。

"审判长,被告提出他的有罪供述是被打后才说的,请法庭查明。"

这个辩护理由很厉害,如果证据是打出来的,即使证据充分确实,也会带来复杂后果。

旁听席上全是被害人的家人,听到辩护人的话情绪很激动:难道不该打吗,他杀了人,打是轻的,该要他死!

公诉人在法庭允许后播放了一段录像。

画面上,被告走在前面,几个警察紧跟其后。他不时举起被铐的双手指着方向,警察的后面有很多人尾随,在崎岖的小道上形成了蜿蜒的队形。被告又一次停了下来,用手指向一处石头。石头被搬开了,警察指挥着用编织布把那里围了起来,不过光天化日之下,每一个人都看清楚了,那里有一具尸体。

被告人也像旁观者一样很有兴趣地在观看,他是这段录像里的主角。说真的,他还从未见过出现在屏幕上的自己,他颇有些不满意自己那天的模样,双手被铐着,实在很狼狈。

"那上面有你吗?"

"有。"

"你在干什么呢?"

"带公安找被害人尸体。"

"找到没有。"

"找到了。"他很沮丧。

"这一路有人打你吗?"

"没有。"

旁听的人虽然不知道打或不打对定他死罪有何区别,但在他承认没有被打之后,心还是放了下来。

因为被告人翻供,公诉人在法庭上把所有的证据都一一进行了出示,而且无例外地都要问他有没有被打,可谓铁证如山。旁听的被害人亲属这才悟到,那些发回重审后让他们辨认的被害人衣服、书包还有课本都是证据,所有的证据就像链条一样锁定了那天晚上被告人的行踪,被告人不认罪也没有用。他们似乎也明白了,到了法院就是要讲证据,没有充分确实的证据,法官是不会对愤怒报以同情的。

直到公诉人举证结束,被告人都没有具体说明哪一份供词与他被打有关。

最后公诉人问他:"你在哪里被打过?"

他必须回答这个提问。早前他确实告诉过徐律师自己被打得受不了,只好认罪。不过,那也不全是假话,刚被抓的时候他确实被狠揍了一顿。他当时没有认罪,想挺一下。以他的经验,自己当时还只是怀疑对象,也许挺几天就能放了。可是办案的刑侦队长很厉害，几天后再提审时，已经把他作案当天的行踪调查得很清楚，没办法，只好供认，这才带着警察指认了作案和埋尸地点。他自知强奸杀人死罪难逃，在被判了死刑后很平静，也不上诉，就等着被执行死刑。后来，听到省法院撤销原审判决，全案发回重审，他不太明白这对他来说意味着什么，但原判被撤销，死刑与他撞了一下又闪开了，这似乎是上天给的机会，生的愿望立刻变得十分强烈。一个同号给他出了主意，要他翻供，还说如果坚持指认当初是被公安打了才认罪的，这样重审可能不会被判死刑。他不知道这样做能不能行，但也没有别的办法，只能紧紧抓住眼下的机会，哪怕是一根稻草。而且审讯中被踢被揍两下的事也是有的，进出也没有人验伤，谁能说没有呢？但是他感觉，案件发回重审后在法庭上出现的证据更多了。

此刻，他带着些许歉意看了看徐律师，算是对徐律师的道歉，因为他让徐律师为难了。

"我有被揍过，是在刚被抓起来的时候，但后来没有被揍了。我原先的交待都是我自己供认的，没有被打。现在我知道了，发回重审只是找更多证据补进来，不认罪也没有用。我不想再费力编假话了，我犯了该杀头的罪，我服判。"

该结束了。被告人已经低头不语，他不再想怎样掩饰自己的犯罪，对他来说要把曾经交待过的事都合乎逻辑地改变一次，实在太难了，他没有这样好用的脑子。现在他变得很安静。旁听席上的人也安静了，他们看到了公诉人对犯罪一次又一次的揭露和证实，也听到了被告人绝望的最后陈述，他们体会到了法律和正义的强大力量,感受到了自己的权利确实是在受这种力量保护。他们甚至不再对徐律师有愤怒情绪了,如果没有徐律师,公诉人也不会拿出那么多证据进行驳斥,他们也不会像今天这样在法庭上把被告人的犯罪过程了解得这么清楚。如琪法官跟他们说过,一定要相信法律相信法院,现在他们确实相信了。他们怀着尊敬的心情看向坐在法台中间的审判长,此刻在他们心中,如琪简直就是正义女神。

如琪审判长位置的右前方端放着一柄法槌。法槌是法官手中的重器,它的每一次举起和落槌,都集聚了法官的理性和智慧,昭示着以法律之名的正义力量。法槌和放置法槌的台座都是深咖色,正方形的台座中间有圆形的凸起,寓意天圆地方,法槌敲响时就落槌在那里。

现在,如琪已经拿起了法槌。她将花梨木制作的法槌敲在天圆地方的槌台上,法庭内立即响起了刚硬清亮的落槌之音。

如琪站起来宣布庭审结束。最终,合议庭维持了一审法院对被告人的死刑判决,在法律的殿堂又一次完成了对正义的守护。

第六章

游走的边缘

一

柳瑶要结婚了。新郎就是那位助理,只是现在成了名副其实的高级合伙人。柳瑶是个有浪漫情怀的女子,读了那么多爱情小说,内心十分憧憬一场公主般的婚礼。与马明明结婚时,没有婚纱、没有音乐,也没有同学,与她内心想要的婚礼天壤之别。当年的丈夫马明明虽然英俊潇洒,但婚礼是在他老家举行的。那也堪称一场大场面的酒席,乡邻们划拳喝酒,高声喧哗,她和马明明满身是汗,到处敬酒,俨然两个恭恭敬敬的小辈模样,哪有什么投入爱情海的感觉呀。柳瑶也庆幸同学们当时都刚到新单位不久,无暇赶到这个偏远的县城来,不然看到她这般县城里的小媳妇样,还真很难堪呢。

当然,柳瑶也并未想到自己还会有第二次婚礼。在她心目中,爱情至高无上,要爱就会拿全部感情爱。曾以为自己嫁给马明明是最幸福的事，但想得太单纯、太简单了，这个世界每天都会有许多事情在发生，男人也在点点滴滴地变化，自己和马明明的关系，即使没有小薇，马明明恐怕也会离开，因为他喜欢的不是自己努力的模样。马明明的离开柳瑶并没有思想准备，仓促间遭遇了这个变故后，她急迫地想要振作起来，找回那个自主自立的自己。这位助手对自己的关心和照顾柳瑶是有感觉的，但起初她认为这无非是种职业共同体的关心罢了，自己好了，助手的前途才会好，因此也不避讳。但渐渐地，柳瑶觉得他的人生观特别积极，再难的事也总是笑笑，然后很肯定地说，不怕！这让柳瑶也变得更加镇定和乐观起来。他特别热爱生活，喜欢好吃好玩的，一些柳瑶平时看不上眼的吃食，经他带动也去吃了，而且还会被带去吃下一顿。有一次，两人到一个县城出庭，路上车坏了，他们只好徒步往县城走。刚下过雨的泥路有些滑，要爬一座小坡时，他先上去站稳才向柳瑶伸出了手。他的手很大很厚，柳瑶的手被他的大手一下全部握了进去。柳瑶感到了他的力量和温度，于是就像一个乖小孩似的被拉着跟在他身后走了好一段，还是他先松了手，她才意识到把手收回来。现在回想，也许就是从那次起，她开始在意他了。

　　现在柳瑶已经有能力把婚礼办得很隆重了，但是一个女人的第二次婚礼肯定不能那么大场面，而且也不好穿上她那么喜爱的洁白婚纱。柳瑶只请了少量亲朋好友，也给如琪发了邀请。

　　如琪在柳瑶婚礼前一天赶到了深圳。这真是一个适合柳瑶的城市。它接纳了林林总总的公司和交易，宽容地对待着各式各样的人群，在繁荣城市的同时，也产生了各种经济纠纷，发达了城

第六章 游走的边缘

市的诉讼业务。柳瑶在这样的环境里有了繁忙的工作和理想的收入，变得更自信。如琪很有感触，生活真的是可以改变的，人生也是可以改变的。在很多时候，改变往往是从一种无奈或不情愿的转变开始的。柳瑶早前在一个小天地里，生活成为日复一日的重复，并以为从此就是这样了。那时她自己把这种平静理解为幸福，但当这种平静被突然打破后，很多过去不熟悉的人和事进来了，她不得不以一种开放的态度去面对，把新的事物规整到自己的生活轨道中来，这就是变化的转机，于是又会有新的生活形态。其实这也很好，犹如又有了一次新的人生。

见到如琪，柳瑶有些懊恼地唠叨，她为自己准备了一套传统的中国红结婚礼服，立领，大红底色，有金色的绣花，很华丽，但好像正宫娘娘。

如琪说："什么好像，就是。"

"你还不知道，我想穿白色婚礼服，还想有捧花。"柳瑶娇嗔地说。

"你好矫情，还在做公主梦，留着给女儿吧。"

第二天的婚宴酒桌上，柳瑶穿着这身大红的结婚服敬酒，又多又黑的头发被很艺术地挽起，柔柔地衬托了她秀美的轮廓。有几缕发丝被刻意挑出，随着她的走动轻扬飘拂，很是妩媚灵动。立起的红色锈金的领子，把柳瑶的脖子衬得白皙修长，衣服修身的线条，勾勒了婀娜的身姿，令她浑身散发着女性的韵味。快乐开心的合伙人新郎在旁相伴，如琪觉得他不如马明明站在柳瑶身边那么般配。风流倜傥的马明明与婀娜多姿的柳瑶站在一起，真是让人羡慕的一对。但生活只有自己才能体会到个中滋味,现在柳瑶是幸福的,如琪懂她。

第二天,如琪向柳瑶告别。柳瑶望着如琪,虽然人到中年,但依然目光清澈,还是一身浅驼色西装裙,翻出了白色的衣领,外套上衣没扣,有一种落落大方的气度。柳瑶就喜欢这样的如琪。她发自内心地对如琪说:"如琪,你不需要像我这样为了爱情而生活,生活和爱情都要美好。人是不相同的,犹如我和你的不同。你的信条就是大爱,你不会用过多的时间想自己,无论自己过得怎样,只要选定了的事你就会不怕艰难,不怕亏待自己。做法官真的非常适合你。"

二

如琪觉得法官的时间可能比别人过得更快,时间的感觉不是以小时计,当埋头办理一个又一个的案件时,不知不觉一个又一个季节,一年又一年就过去了。现在如琪调到省法院也好几年了。近几年来,法院的各类案件都在大量上升,当事人不仅要打一审二审官司,很多哪怕是二审终审以后还要进行申诉,有的甚至还拿着法院的判决到党政机关申诉。在这种情形下,各级法院就出现了一个专门办理各类申诉案件的审判庭。如琪的办案能力在省法院很快崭露头角,所以在组建这个审判庭时,如琪就被选拔过

第六章 游走的边缘

来当了副庭长。

这天，庭长交给如琪一件申诉材料，告诉她前两年市中院一位院领导辞职后到了一家房地产开发公司做法律顾问，申诉人一直在向纪委反映这位院领导在位时对他们与这家公司的案件做了枉法裁判。

这是一件当年争议金额高达数千万的房屋建设工程纠纷案，但当初竟然是市中院下辖的一个基层法院办理的，如琪感到有些蹊跷。因为按照规定，这么大额的争议案件应当由中级人民法院作一审。

如琪并不清楚是哪一位前中院领导到了这家房开公司当法律顾问，不过可能会是她在市中院工作时期的领导，自己应当回避一下。如琪向庭长说了这个想法。几天后庭长告诉如琪，案件由心蕾进行复查。

心蕾和如琪一样，也到了这个新建的审判庭做了副庭长，这些年她们的关系一直很好。这天，心蕾拐进如琪的办公室笑着告诉如琪："你回避的案件交给我办了。"

"这件案子会让你头疼的。"如琪想起了案件里那些复杂的鉴定和计算，还有此时她也了解到，当年的殷副院长就是那位辞职去做房开公司法律顾问的人，心蕾大概还不知道他的厉害。

心蕾也笑了，她真想告诉如琪，这件案件才会让如琪头疼——案件双方都在找领导反映告状，一方说当年的办案法官徇私枉法；另一方说申诉人内外勾结，以权压法。这后一条，暗指的就是如琪，说申诉人是洪阳公司的生意伙伴，企图通过如琪再审改判这个案件。

心蕾也一眼看到了当时这个案件由基层法院审理的程序有问题。这是市中院当时的殷副院长做的决定，理由是这个基层法院希望上级法院指定几个大案给他们办理，这样收取的办案诉讼费多一些，可以帮助这个法院解决工作经费来源紧张的问题。这种做法在前些年确实是有的，当时各级法院都存在经费紧张问题，把收取的部分诉讼费用作工作经费的事情也是有的。不过按规定即便如此，也应当向省法院的业务庭报告，取得同意才行，可这个案件当时并没有向省法院报告。

那么鉴定会有什么问题呢？心蕾在反复翻看卷宗。这部分专业性很强，双方对鉴定的争议又很具体，一不小心就会陷入繁杂的计算和标准之中。再往前看，心蕾注意到，当年作出鉴定的这家鉴定机构的业务范围是桥隧质量鉴定，并没有房屋建设工程鉴定的业务。是不是桥隧的质量要求更高，他们可以接受房屋建设的质量鉴定委托呢？心蕾有些拿不准。她安排了人去这个行业的管理部门做了解。

当年申诉人对鉴定机构的合法性就有质疑，但不知道为什么，判决书并没有回应。心蕾找来了当时市法院的办案人，他就是当年办理那件破产案件的法官，在被追究了刑事责任后，现在已经刑满释放了，他真害怕还有别的事又把自己牵扯进去。在去心蕾办公室的路上，他与如琪不期而遇。为避免尴尬，他假装不认识赶紧低下了头。如琪还真没有认出他，两人就这么擦肩而过了。

这位曾经的法官走进了心蕾的办公室。他忐忑地看了看心蕾，

第六章 游走的边缘

觉得自己并不认识,这多少让他自在了一些。看了当年的卷宗,他心里的石头落地了,这件事自己没有收钱。当年开发商找到了殷副院长,这个案件就交到下面去办了。后来一方不服判决上诉到市中院,自己是二审的办案人,记得当时上诉人对鉴定有质疑,自己向殷副院长汇报过,殷副院长说,对方当事人已经反映了,案件拖的时间太长,要抓紧办理。

"当时我认为领导的意思就是不要再折腾了,所以在案件讨论时刻意没有把问题提出来,只是强调这个案件只能根据鉴定结论下判,合议庭于是同意了一审判决,后经分管的殷副院长签批就下判了。"

他心里明白,自己就是太喜欢玩小聪明,当时了解到这个案件是殷副院长要求指定下去的,就判断领导与当事人肯定有特殊关系。揣摩了殷副院长的态度后,他向合议庭提出根据鉴定结论下判的意见,果然得到殷副院长的肯定。就是从办理这个案件开始,他攀上了殷副院长,两人关系变得很密切,甚至都敢请殷副院长在一起打麻将了。很多话就是在打麻将时有一搭没一搭说的,相互间都明白,却也未说透。回想当法官的日子,他感慨万千。那时总感觉以自己的智慧,可以在法律的缝隙里游刃有余,让当事人胜败都不知所以然。每当自己撰写的判决书被工整打印出来时,看着大段大段的说理被印在判决书上,显得那么不可撼动,良好的自我感觉得到极大满足。当然,后来发生的事情让他的良好感觉彻底烟消云散,他真切地感受到,徇私枉法的事就算今天在这里滑掉了,也总会有人在下一处等着你。

现在的心蕾就是一位捕手，正在寻找着被遮盖的各种痕迹。

她安排去了解情况的人回来汇报：按照行业规定，鉴定机构不能跨界进行鉴定。换句话说，虽有资质但如果对没有核定的范围做了鉴定，等同于没有资质的鉴定。不过在当年这样的问题很容易被疏忽，人们一般只会注意鉴定人有没有鉴定资质，而对有合法鉴定资质的机构就不太会去注意它的鉴定范围。能钻这样空子的人真是有些厉害。

心蕾觉得，这个案件总有些影影绰绰的东西，似乎抓不着，又感到确实存在。不过鉴定有问题是明显的，她正式启动了对这个案件的重新审理。

三

听说案件要重新审理，房开公司很紧张。

公司的法律顾问，那位曾经的殷副院长现在看起来生活状态很好，人显得富态白净，穿着也很讲究。在他做了法律顾问后，公司的法律事务部与他合作得很愉快，他参与诉讼的几件大案都把握和准备得很好，官司全打赢了。老板对法律事务部和法律顾问都很满意，公司的法务对他更是尊重有加。与这些年轻的法务相比，他有明显优势。他善于用法官思维进行分析并找到纠纷中的重要节点，年轻的法务们在他的指导下准备方案都做得很精准。

第六章　游走的边缘

这家公司的老板与殷副院长是发小,当年这位殷副院长之所以想尽办法把案件放在中院下辖的基层法院办理,也是考虑万一有问题可以在自己能够把握的范围内解决。发小的事殷副院长是从长考虑的,他看好发小公司的发展态势,对在可控范围内的忙还是要尽量帮的,当然也要尽量降低风险。所以当年案件还在一审时,他就对发小说,这些搞建筑的,偷工减料降低标准的事常有,如果有鉴定单位能提出几个问题就好办了,这样法官也超脱些。

后来的事情果然如殷副院长所料,凭着有利于发小方的鉴定意见,房开公司胜诉了。案件虽然上诉到了市法院,但一切都在可控范围。市法院很快做出了维持一审判决的裁定。如今事情已经过去好几年,现在省法院却对案件启动了再审,他着实有些担心。要知道从法院出来到发小公司做法律顾问,那是有风险投入的,现在他的人生正处在入股分红阶段,不能因为这次重新审理把自己的规划打乱。

"我们应当争取与对方达成和解,避免重新鉴定。"他对发小老板讲。

"能和解吗?"

"就是钱的问题。"

"需要多少?"

"他们提出五百万,当时按照判决少给了他们二百万,把利息也给他们算上,我考虑有三百万可以了。"

"好,就三百万。"发小老总现在在业界很有声望,不然也不能把一个中院的副院长请出来。他很清楚,过去那些不那么正当的事虽然很多人都有过,但谁愿意抖搂出来?现在挣大钱一定要有正面形象,好些事过去就过去了,但如果有人认真,谁知道又会发生什么,不能因小失大。何况他们公司正在参加一个重要的工程投标,不能受到负面影响。

有了发小老板的承诺,现在殷顾问很有底气,也很自信,他太了解这一切了,既然对方对鉴定有异议,要求重新鉴定,那就从申请进行听证开始着手。只要听证时双方一见面,就可以在法庭上提出调解的请求。法院通常都会鼓励双方和解,那么只要法院支持,对方也不得不坐下来谈一谈,只要能谈就有机会。

事情的发展果然如殷顾问所料,法庭同意对是否重新鉴定进行听证。

心蕾看了几大本当年的鉴定卷宗,当年地基与基础和主体结构工程是符合质量要求的,争议的主要是屋面和管道工程,对双方有争议的部分,当时鉴定结论是质量有缺陷,所以判决降低了争议部分的结算标准,还要求建设方延长了保修期。做出鉴定的结论依据主要来自于开发商提交的材料,鉴定方并未到实地勘验过。而现在时过境迁,重新鉴定也是件非常困难的事,既然这样,心蕾也确实想通过听证,让双方都能够了解面对的困难。

为了参加听证会,殷顾问与他的团队也认真地研究了当年的鉴定意见,发现情势对己方还是有利的。当年的鉴定没有进行现场勘验,这是鉴定方的问题,而现在又几乎不可能重新勘验鉴定,这就为大家坐下来谈创造了条件。更重要的是,要避免走到重新鉴定那一步,防止带出别的问题这一点只有殷顾问和发小老总心

第六章 游走的边缘

里有数,不过殷顾问很自信,一定会走到双方坐下来调解这一步的。

他看了公司年轻律师准备的听证材料,他们在认真证实当年鉴定的合法性,想以此把当年判决的基石稳住。这看起来很有针对性,但法律顾问认为还是太书生气。他端坐在宽大的扶手椅上,对坐在桌对面年轻的公司法务说,你们准备材料的重点,要从现在已时过境迁、房屋早已卖出、没有鉴定条件,重新鉴定可能引起住户猜测、恐慌,影响社会稳定这几个方面提出。这是现实问题,对方也得认账,这样大家才可能会坐下来谈和解。

太厉害了,法务部的年轻律师们都十分佩服。

心蕾在召集双方听证的初次交锋中已看出房开公司的厉害。他们提出的问题也确实是法院要考虑的问题。时过境迁,就算换了鉴定机构,能得出客观结论吗。关键是房屋住户已经住了好几年,并未反映过质量问题,这也是建筑公司底气很足的原因,重新鉴定引起住户恐慌怎么办?但如果没有新的鉴定结论,这个案件也就谈不上有新的意见,就只能维持原判。心蕾心里不得不反复斟酌。

听证过程中,房开公司向法院提出了与对方进行调解的建议。

心蕾明白,调解对于他们是最明智的选择,对方也可能接受,毕竟案件已过去这么些年,想把问题彻底搞清楚不那么容易。对建筑公司来说,虽说当年他们是吃了亏,但能追回来损失,有胜于无。果然,建筑公司表达了接受调解的意向。

听证时没有出场的殷顾问在调解这天到场了。心蕾见过以往在位时的殷副院长,感觉他变化真是很大。现在的他穿着得体,衣料精细,剪裁时尚,恰到好处地体现了一种颐养讲究的生活质量。他坐在那里耐心地听对方提要求,那气度仿佛还是当年的法院领导在接待当事人。

对方提出赔偿经济损失五百万的要求。房开公司还价到一百万,因为并没有新的鉴定结论。各自抛出己方的第一方案后,双方又陷入了当年的争论中,毫无建设性的争吵和拉锯氛围弥漫在房间里。

心蕾在一旁冷静地看着,她知道这是第一幕。她对双方的愿望很有底,所以正在等待第二幕。毫无进展的一个多小时过去了,心蕾要求双方各自下去再商量一下对方的建议方案。

双方都知道让步是必须的。在房开公司关着房门的小会议室里,他们按照事前商议的方案提出了第二方案:再增加一百万。殷顾问没有更多的话,因为此前他们已经仔细商量过好几个方案了。最关键的时候还没有到,他知道,法官的态度才是关键。

双方再次回到调解室。

建筑公司律师的表情很坚定。

"我方已很有诚意调解,但一百万的赔偿数额太少,我们不能接受,希望法庭开庭审理。"

房开公司代表也表达了同意进一步协商的意愿,表示愿意将补偿增加到两百万。

建筑公司代表的脸色有所缓和。他们交换了一下眼神,律师与身边的副总商量了几句后回应说:"我们欢迎进一步协商的实际态度，但差距还是很大。"

只要他们还在调解室坐着就好。殷顾问示意了一下身边的年轻律师，这位精明的小伙子立即温和地向对方问道："贵公司就不能做一些让步吗？"调解室一阵沉默。

大家都知道，到紧要关头了。如果建筑公司一点都不松动，那就不太好往下谈了。

心蕾知道，两百万已经接近当年建筑公司的损失，现在需要她站在体现公平、重视案结事了的调解原则上，对双方进行引导了："对争议工程的质量问题，法庭不是不可以进一步搞清楚，只是需要更多时间。如果双方认为可以通过调解解决，而且也都愿意做出一些让步来达成调解协议，我建议你们双方都再商议一下。"

双方也都明白心蕾的话音，如果大家都不肯拿出诚意来和解，那法庭也可以开庭进行审理，态度实际是很强硬的。殷顾问知道这是法官在推动双方达成协议的姿态，火候到了。他心里一阵得意暗喜。

一阵沉默后，双方都表态可以再考虑一下，并再次走进了各自的房间。

现在，殷顾问对自己的团队说，必须达成协议，这是老板的意见。我们可以把补偿款提高到三百万，老板同意的签字我会负责。几个年轻律师没有想到会作这样大的退让，有些不解。以他们的胜败观，就算是让步，也是给得越少越好。当初的判决按合同价也就少了二百万，现在就算按合格工程的合同价，也不至于给这么多。这不是认怂吗？但老板已经授权殷顾问全权负责这个案件，看来也只能照此推进。他们把对方负责人请进房间，殷顾问以很诚恳、很有说服力的道理做了一轮沟通和交底，对方的脸色有了明显的微笑，同意再研究一下。

这样一来，年轻的律师们反倒有些忐忑，担心做了这么大的让步对方还会坚持到底。不过，他们很快接到心蕾要双方再次坐到一起的通知。

再次坐下后，事情进展很快，建筑公司同意房开公司给付三百万补偿的意见，双方当场在调解协议书上签了字。

调解结束了。

后来心蕾对如琪说，这个案当年审得不清不楚，可能确有问题。虽然透过案件可以窥视到一点问题深度，但这个深度已经超过了自己的挖掘能力。作为再审的办案人，她只能在办案范围内维护好当事人的合法利益，这是她的权力边际。至于更深层问题，只好留给时间和其他职能部门去解决了。如琪也深有同感。

案件虽然已经调解结案，但不知为什么，房开公司暗指如琪干扰办案的信件还是有领导批转过来，而且还要求省法院认真研究当事人反映的这个法官利用职权干预办案的问题。心蕾真替如琪冤屈，如琪从不问一句案件办理的情况，虽然她和大家都是相信如琪的，但这样的反映多了，还是会给如琪带来一些影响和压力。其实，现在如琪和心蕾正处在竞争对手的位置上，因为她们的庭长即将退休，她俩作为优秀的副庭长，都有可能接替庭长位置，这一点她们自己都清楚。

第七章

风从各方来

一

　　如琪与心蕾谁来接任庭长职务，这也成为她们即将退休的庭长面临的一道难题。两人都有很优秀的素质能力，要说都可以担当庭长职务，只是在性格方面差异大些，如琪水火相容，既刚直，也宽容，特别对身边工作的同事们非常信任亲和。而心蕾就孤傲清高些，大家很服她，却也轻易不敢接近她，因为她可能会问一些你毫无准备的问题，让人有些尴尬。现在，她们的庭长即将退休，事情已逼到眼前。先一步得到提拔的，会为后面的发展占得先机，庭长实在难以取舍，一直踌躇着无法下决心。最后，他把两人都作为人选向院领导推荐。

　　在院领导层面的酝酿过程中，大家对如琪和心蕾的印象比较一致，觉得都应该用起来。但职位只有一个，如果把其中一位提拔到别的部门，必然会压下那个部门的人员，对这一点，每位领导也是心里有数的。事情往往就会这样，尽管一个人的优秀得到了承认，但如果影响了其他人的可得利益，是不是优秀就变得不那么重要了，甚至还会突然变得并不受欢迎。

高庭长也一直关注着如琪和心蕾，他了解这位即将退休的老庭长面临的难处。高庭长找到院长，建议自己不再担任刑庭庭长的职务，只做专职的审判委员会委员，刑庭庭长职务可以由如琪或心蕾担任。院长听了这个建议很高兴，认为这样两全其美。结果经过各种选拔程序，如琪到了刑庭当庭长，心蕾在审判监督庭当了庭长。

如琪的事业平稳发展，洪阳在房开公司也做得不错，已经升任了副总。

如琪不在乎洪阳挣多少钱，但她很为洪阳高兴。他现在非常有精气神，很有一些副总的感觉，她觉得好多年没有见洪阳这样意气风发了。但唯一不太踏实的是，如琪觉得房地产开发行业利益太大，这样的发展速度让人有一种失控的感觉，不知道往后会发生什么，她越来越不希望洪阳继续做下去。

洪阳觉得自己现在虽然收入不菲，但与别人的财富相比，那就不在一个量级上。这不仅仅是钱的问题，而是在市场上，钱的多少体现了智商和能力。这几年他长了不少见识，有了各方面的人脉渠道，也积累了经验，如果找到一个好的合作伙伴，完全可以离开王老板自立门户。

洪阳感慨地对如琪说："现在房子太好卖了，是一个大机遇，只要手中有钱就能迅速生钱,几何速度。我打算下一步自己也搞个房开公司。"

如琪说:"最好换一个行业,不做房地产。"

"那不行,已经积累了这么多经验和人脉关系,我能干好。再说,现在是房地产市场的大好时机,国企、民企大家都在这里掘金,已经在里边了,为什么要出来?"

回想起洪阳当年在杂志社的种种不开心,如琪把还要劝他退出来的话又咽了回去。

二

这天,洪阳的办公室有人在敲门,一个自己不太熟悉也不太像业内的人走了进来了。

来人对洪阳微笑着说:"我是市检察院的,想请洪总下午到市检察院去一趟。"他把工作证拿给洪阳看了,又友好地表示自己是如琪的同学。

检察官姓陈。他客气地说完走了。从未与检察院打过交道的洪阳一下子有些紧张警觉,这么些年与如琪的共同生活使他也了解一些政法机关的工作职责,知道检察院主要侦办国家工作人员犯罪的案件。耳濡目染,他明白一定会有什么事情,那不是个随便请人进出的地方。他迅速地过了一下他认识的如琪大学同学,没有这位检察官的印象。不过应该没什么可怀疑的，人家说认识如琪，这应该是一种善意的表示，也公事公办地把证件给洪阳看了。

洪阳回想着，这些年除了公司的行政事务，自己处理最多的便是贷款，但要说那也都是按程序规定贷下来的，不会有什么问题。他又叫财务人员过来，把几笔大的贷款情况问了问，感到可能还就是贷款的问题，因为不久前从银行贷的一笔上千万的款项被用在了省外的另一个工程项目上，而且一时间还回不来，这是不符合银行贷款规定的。

洪阳立刻向王老板做了汇报。王老板听后默想一阵说，贷款混用的情况在我们这行太多了，这是有人要跟我们过不去呢。下午你该去就去，我会再查一下，看问题究竟出在哪里。你去了要表明态度，这笔钱我们只是暂时周转，一定会按期偿还，绝不拖欠。

有了王老板的表态，洪阳就有把握了。银行最怕的就是贷款被骗回不来，而企业一旦卷入案件，也会带来很大麻烦，如果处在关键期，甚至还会带来生死存亡的问题。

下午到了市检察院，见到了陈检察官和另外一位年轻检察官，他们对洪阳都很客气。果然，询问就是围绕那笔上千万贷款的使用情况展开的。在问了贷款的程序和用途之后，陈检察官话锋转到了贷款的去向上。洪阳实事求是讲了，这笔贷款临时救急用在了省外的一个房开项目上，但这个项目修建的房子就要开盘了，钱应当很快可以回来，而且即使款没有回来，公司现在也有还款能力,目前还款期还没有到,到期公司保证如数还款。洪阳说得很诚恳。

谈了一下午,陈检察官让洪阳回去了,说有情况会再联系。进了一趟检察院,洪阳这才体会到了司法机关的威慑力。坐在那里,脑子里高度紧张,生怕说错了什么。也不知往下还会发生什么,回到家洪阳赶紧把事情向如琪说了。

如琪觉得问题有些复杂蹊跷。贷款用途与实际使用不一致的,如果贷款能够偿还并没有大问题,但如果数额很大而且偿还不了的就可能被追究刑事责任,不过为了保证收回资金,银行大多会选择以民事诉讼的方式来解决问题,很少以追究刑事责任的方式进行。但现在既没有按贷款纠纷告到法院,也不是由公安机关立案办理,而是到了检察院。

她问洪阳:"你们在这笔贷款的申请过程中有没有不规范的行为?"

洪阳问如琪:"你指的是行贿吗?"

他很生气地说:"我现在确实已经失去了过去的清高,会向别人满脸堆笑,言不由衷地说着奉迎讨好的话,也会安排他们好吃好喝,或送些小礼物,但我绝不会送钱给他们,这是我的底线。我办的事按政策都是应当办理的,我不办违法乱纪的事,也不会为该办的事送钱,哪怕这件事办不了我也不送。"

如琪虽然相信洪阳说的,但除非有人提出洪阳公司行贿,案件才会在检察院办理。如琪给洪阳分析了一下目前他们公司可能面临的法律风险,提醒他们赶紧把没有按贷款用途使用的钱及时归位，得到银行的谅解，由银行主动申请撤案。

第二天一上班，洪阳就到了王老板的办公室。王老板问了洪阳检察机关问话的情况，听完他对洪阳说："这件事肯定与我们这次参加的建设工程投标竞争有关，因为招标方明确要求投标方要有良好商业信誉。你想，如果我们被银行告上了法庭或被追究公司的刑事责任，就算最后问题搞清楚了，那我们的信誉和这次机会也丢掉了。"

当天下午，洪阳陪同王老板一块儿去见银行行长，行长原来就认识洪阳，而且这几年公司的贷款信誉还不错，是这家银行的重要客户，因此对他们很客气。王老板讲明了会尽快解决按合同使用贷款的来意，请求银行撤销刑事案件的立案申请。行长有些诧异，他立马请一位负责人进来问询，而这位负责人也莫名其妙。

"我们没有提出过任何立案请求，只是前不久收到一封检举信，反映我们银行有人在办理公司贷款过程中，收了对方的钱。这封信我们交到检察院去了，是不是他们在为这件事搞调查。检察院的人前两天也过来看了几笔贷款的存档材料。据我了解，他们查看的贷款也有贵公司的几笔。"

洪阳和王老板都明白了，看来的确是有人在搅浑水。他们再次表达了按期还贷的诚意后离开了。

洪阳问王老板，还要不要参加即将进行的房屋建设工程投标，可别被别人暗算搞得很狼狈。从参加投标公司的情况看，自己公司的实力排名在前三，中标可能性很大，但不知道竞争中下黑手的是谁，也不知道下一步还会有什么名堂。

第七章 风从各方来

"这封检举信就是想阻碍我们参加投标，不去不就正合他们心意吗？要去！"王老板在商海沉浮中历练出的老辣沉着，让洪阳不禁增加了对他的佩服。

三

如琪和心蕾要分开了。她们的任命已经下达，都要上任了。如琪要搬到楼上的办公室，两人之间以往那种上班打个招呼，中间或下班时聊一会儿的快乐不会那么经常了。在一起共事的时光里，她们非常愉快。即使对案件的分析有不同意见，俩人也都会庆幸对方看出了问题，可以把问题进一步搞清楚。有她俩在一起研究的案件，同事们都觉得心里很有底。心蕾知道如琪善良大度，在办案之外很相信人，对人诚心相待，总是认为不争不要，不参与到很复杂的人际关系中，就不会有什么闲话或纠葛。她这种温润如玉的风格，得到了大家的好评，再加上出色的办案水平，认同她的人很多。还有的人倒不是不喜欢她，而是认为她挡住了自己，所以不知不觉中，也有人对她有嫉妒。心蕾这几年与如琪交往，她知道如琪是看懂了这些的。

如琪搬着办公室里的最后一箱杂物到了心蕾办公室，对心蕾笑笑说："不是送你的，是趁机来你这里歇歇。"

心蕾从来就是个毅然决然的人，但分开之际，要不要提醒一下如琪有人在告她黑状，说她利用职权为洪阳的公司谋取利益？心蕾犹豫了好久。如琪和心蕾这次的任职都是提拔，受到了严格审查，心蕾知道如琪是干净的，她觉得还是要提醒一下如琪。见如琪在椅子上坐下，心蕾对如琪说："有人告你利用职权帮你爱人。你们要小心些。"

"你是知道我的，告黑状我不怕。"如琪很平静地对心蕾说。如琪思忖，这肯定与洪阳公司最近发生的事有关。下黑手的是高手，娴熟老到，扼颈压喉，用司法手段打压对手真是做到了游刃有余。

晚上回到家，如琪没有给洪阳讲被告黑状的事，只是问了他检察院调查有什么新情况？

洪阳愤愤地说道，事情看来与公司最近参加的一项工程投标有关，因为发包方有要求，投标方不能有违法经营记录，所以就有人诬告公司搞贷款诈骗，破坏公司名誉。这次投标项目造价很高，是个大项目，竞争对手都非常强大，公司虽然精心做了各方面准备，但暗箭难防，真不知道竞争对手还会有什么诡计。

如琪这才了解到殷副院长做法律顾问的那家公司也参加了投标竞争。这下如琪想明白了，原来殷副院长担任法律顾问的那家公司在投标关键时刻遇上了建筑公司向法院提出的申诉，有重大纠纷案件在法院对他们的商业信誉有损害，甚至可能在投标条件审查的第一关就过不了，为此他们既要抹去企业自身污点，还要抹黑竞争对手。他们诬告自己与洪阳公司内外勾连司法不公，给法院施加压力，避免带出他们的问题，也好尽量争取与对方达成调解协议，及早从纠纷中解脱。他们还来了一手向检察机关反映洪阳他们公司诈骗银行贷款的狠招。这样一来，只要司法机关对洪阳公司进行立案调查，就必然造成公司商业信誉受损，他们打败竞争对手的目的就可以实现了。这是一组以攻为守，站住阵脚打压对手的组合战术，好毒辣呀。

四

  洪阳他们公司最终还是在竞争中中标了。与他们最有一争的就是殷副院长做顾问的公司——本来投标得分他们排第一，但就在这时候，这家公司却因有行贿问题发小老板被检察机关立案侦查了。事情是那个鉴定事务所牵出来的。由于在工程鉴定中多次受贿搞假，他们的主任被关了起来。他又交待了好些事，其中也有当年收了发小公司为鉴定送钱的事。
  殷顾问和他的律师团队在建筑公司的那件再审案件中，虽然好不容易通过花大价钱和解把风险避开了，却没想到这位鉴定事务所的主任进了看守所，真可谓前功尽弃。当年行贿的事一传出，招标方自然取消了他们的投标资格。
  不过，很快也有揭发洪阳他们公司诈骗银行贷款、检察机关已经立案的信寄到了招标小组负责人手里。发小公司要求复议中标结果，可以说鹿死谁手还没有定论。

洪阳得知对方要求复议中标结果的消息后,立即与自己公司的法律顾问一起赶去向发包方说明情况。快到办公室门口时,一阵近乎咆哮的声音破门而出:"我们是投标入围的第一名,我们为这个项目做了大量投入,如果不让我们做,我们要召开新闻发布会,宣布你们搞暗箱操作,我们要让员工来这里讨个说法。"随即,一行人气势汹汹地从屋里出来了。公司法律顾问悄悄告诉洪阳,走在前面的那位就是对手公司的法律顾问。

洪阳随即走了进去,小心翼翼地向发包方的招标负责人做出说明。

"你们两家都说自己没问题,对方有问题,我们需要一些时间搞清楚。"

果然是对方在诋毁,不能让煮熟的鸭子飞了。洪阳向王老板报告了情况后,给王老板出了个主意。

"您是省政协委员,又是外地来这里投资的,省里的政策很支持,我们与银行之间没有严格按贷款用途使用的问题,已经向银行做了说明,银行对这件事也并没有向检察机关提出立案侦查的请求,可对手还在借这件事向检察机关诬告我们,您有理由把这些情况向市领导反映。"

王老板觉得很有道理:"你来写,写好了我来交给领导。"

写报告是洪阳最拿手的事,他心里又窝着气,很快就把紧急报告写出来了。紧跟着又联系了领导秘书,约好了见领导的时间。随后又陪着王老板去了市政府大院。等到王老板与领导面谈后微笑着走出来时,洪阳知道,没大问题了。

很快，王老板的紧急报告被领导批转到市检察院。

洪阳又接到了再次去检察院的通知。这次进检察院，他心里很有底。还是那间办公室，不过在等洪阳的已不是如琪的那位同学，而是一位部门负责人。他很客气，请洪阳坐下，还倒了一杯水，这才带着赞许的口气对洪阳说："听说您是如琪的爱人，我们之间很熟悉，如琪庭长很优秀。"随后他话锋一转，又说："前不久我们有同志去银行了解你们的贷款情况，因为有检举信，我们要初核一下，但只是初核，并没有立案。我们也了解清楚了，你们公司有笔贷款有使用不规范的问题，但是不属于检察机关立案办理的范围，今天请你来就是告诉一下这个情况。"

王老板的反映起作用了，洪阳扎实地感受了一次政策保护的强大力量。洪阳欣喜地走出了检察院。晚饭时，他乐滋滋地把找到市领导反映和市检察院的答复告诉了如琪。最终，洪阳他们公司还是拿稳了这宗标包，不过他并不知道如琪因为这次投标还被人告了黑状卷进来的事。

五

如琪自从到了省法院后，一直没怎么与柳瑶联系，她想着柳瑶现在挺好，也不用操心她了。这天，柳瑶来电话告诉她，全班同学又是几年没聚，这次大家商量着要到如琪的城市聚会。如琪听了心里有些发怵，想着自己哪有时间陪大家呀。

柳瑶知道如琪的心思。

"你不要紧张，不找你，都知道你忙，已经直接与旅行社联系好了，你到时来参加就行。"

班里的活动办到家门口来了，不参加肯定说不过去。

同学们来报到那天，下午一下班如琪就赶到宾馆迎接大家。遇见的第一位男同学毕业后一直未见，这是第一次来参加同学会。同学在一起时议论过他，觉得他很神秘，传闻他在做军火生意，很有钱。如琪觉得纳闷，这同学读大学前，家在一个偏远的小县城居住，毕业后又去读了法学研究生，怎么会与军火生意挂上钩，他搞哪门子军火？但确实没有一位同学能说得清楚他的情况。如琪见了他，立刻想起这些传说，但更多的是多年未见的同学亲近感："哈，你终于出现了。"

这位同学高高胖胖，眼睛小小的，讲普通话有家乡口音，说话带鼻音，语速比较快，白色T恤扎在裤腰里，米灰色的长裤熨着裤线，腰间的皮带看起来很有质感，一双白色带网眼的皮凉鞋尤其惹眼，很有些做国际贸易的派头。他的小眼睛笑的时候眯得更小了，而且如琪听见他从鼻腔里哼哼出来的声音很不友好："你好，布尔什维克！"

如琪开始以为自己没听清，不过转念还是确信自己是听清楚了的，他这话里含着讥讽，并非同学间善意的挖苦打趣。他没有把手伸向如琪，如琪也适时收住了自己原本已经要伸出去的手，尽量保持着一点微笑，告诉他宾馆总台的方位，让他自己去办入住了。

没多久,班里当时年纪最小的男同学出现了。如琪远远就注意到了他刚烫过的卷发,很打眼。尽管这些年人们已经对喇叭裤、乞丐衫这样的奇装异服和披头士爆炸式冲天式这些七七八八的发型见怪不怪了,但同学们都是法律人,通常打扮都不会太出格。这位小同学在做律师,常喜欢写点诗,要显得个性新潮些,看起来也更有文艺青年的感觉。他看见了如琪,激动地挥手,拖着行李箱几乎是跑着过来了。他在如琪跟前蹦跳欢喜地说:"终于到你这里来了,好高兴呀!"

"好你个小蹦豆,还是这么欢蹦呢!"如琪望着感觉几乎没怎么变样的小蹦豆也是满心欢喜,前面"军火商"带来的不快在瞬间散去了。

柳瑶是在晚饭后才赶到的。如琪晚上没回家,在宾馆和柳瑶住在一起,聊着同学们的情况和变化。

"人的秉性真的变不了,这么多年了,只要他一开口,你就知道他还是你熟悉的那个人。"柳瑶说。

如琪觉得也是。不过想起"军火商",如琪觉得又有些不解。当年他还是个带着乡土气、有些自卑的年轻人,现在却完全不一样,找不到同学的亲近感了。

听如琪提到"军火商",柳瑶说:"我知道一点他的情况。他研究生毕业后在一家保险公司工作,赚了很多钱,后来据说又到了一家搞国际贸易的公司,赚的钱更多,只是这家公司后来被关闭了。这以后他在干什么就真不知道了,神秘得很,但貌似很有情绪。"

"那也真叫人难以理解，不管怎么说，他现在的生活状态很好，哪来那么些情绪呢？你还记得当年他在学校的样子吗，穿一身蓝色中山装，一双妈妈做的布鞋，我们去水房灌开水时总能碰见他。他们宿舍的开水好像永远他负责似的，那会儿他挺老实的。"

柳瑶的事业已经有了很好的发展，她的律所又开了一家分所。但如琪感到柳瑶有心事，只说了一会儿话就说有些累，想先歇歇。

"你心里肯定有事。"如琪不放过柳瑶地说。

"真是，什么都瞒不过你。"柳瑶有些无奈。

"我今天找不到自己的钥匙，就想先拿他的用，打开他提包的时候看见里边有两张汇款凭据，一张十万元是汇给他那位已经分手的前女友，另一张三万元汇给了他父母。这以前上万的支出我们相互都要讲一下的，这两笔这么大他都没讲，而且还是汇给前女友，我很纳闷。因为急着乘机过来，也就没顾上问。"

"着什么急呢，你不是还没问吗，回去问了就清楚了。如果他想隐瞒汇款这件事，那才是要小心的。因为那就意味着可能还会有其他的事瞒着你。你回去以后就当什么事都没发生，看他会不会主动讲。"

听如琪这么说，柳瑶觉得有道理。

看着柳瑶还是不那么开心，如琪又说："我看他是还没来得及给你说，不然汇款凭据干吗还放在包里带回家，随便在办公室放着，你不是一时半会儿也发现不了？你放心，一回家他就会坦白的。"

柳瑶的脸色逐渐缓过来了,两人的话匣子这才打开。

"现在市场比较理想,我们律所的业务也做得很好,还新开了分所。其实,我真想劝你和我一起干。"

"我已经就是这样了,想干的事太多,不太想改变现在的状态了。"

"我知道你的想法,现在我们两人都在不同的轨道上跑,没有谁会扳一下道岔让我们跑到一起,因为沿途都有人在等着车上的资源,都有需要,只是我觉得你承载得太多了,好想你能够生活得轻松一些。"

柳瑶的理解和疼爱让如琪心里好温暖。

第二天晚上是同学聚会的晚会活动,如琪一下班又赶了过来。毕业十多年了,热心的主持人还是北方的男同学,比起南方同学,他们还是更豪爽奔放一些。

那位年龄最小的诗人同学在大家的起哄声中,捋了捋头发,让烫过的发卷偏向一边,手里拿着两页纸,镇定地走到会议室中间的小平台上,有模有样地鞠了个躬,开始了他的朗诵:

"昨晚,我见到了你——
我们讲了一夜的话,
可现在我一句都记不起。
你昨晚真的来过吗,
我真的和你相偎看过你的眼睛吗?
我急急地在找寻你的泪痕,

看是不是还潮湿温润地在那里。

我把双手举起来闻闻，

看是不是有摩挲你的头发身体留下的味道。

我一点一点地用指尖在自己身上寻找，

找那被你轻咬过的疼痛在哪里……

天大亮了，空旷的房间里只有我自己，

昨晚，我在梦中见了你。"

柳瑶在使劲地鼓掌。如琪也觉得被感动了，没想到小诗人把相思之情写得这么细致感人。全班同学都在吼："好！"

几番热闹之后，不知话筒什么时候传到了"军火商"手中。有同学在大声问他："这几年发了多少财？"

"都不知道他到底在干什么。"旁边有声音在说。

"军火商"眯缝着小眼睛，带着鼻音发出嘿嘿的笑声，然后说："改革开放嘛，大家都会有发展，不如我做一个采访。我问到的人都要如实回答啊。"

大家觉得有趣，就催着他大叫："快开始。"

"你为什么大学毕业后不回到北方？"他开始采访一位当年班里的帅小伙。毕业时一位南方女孩喜欢上了优秀的他，而女孩的父亲在当地很有影响力。

帅小伙感受到"军火商"的问话中包藏着的话锋，他大度地笑着说："那时我们年轻，我留在南方是为了爱情。你不要以为我是为了权力。其实过去没有坦白，要说我父亲比我老丈人的官还要大些。"当年的帅男生真的变厉害了，他知道军火商的"梗"在

第七章 风从各方来

那里,索性说破了。

"军火商"有些尴尬,打着带鼻音的哈哈说:"我们今天只是来做点破译啊。"

如琪没有想到,"军火商"话筒一转,竟递到了自己面前:"汪如琪同学,你现在在同学中属于官居高位了,有什么为官诀窍呀?"

如琪感到他依然不怀好意,于是决定要回应他。她站起来走到小平台上,从"军火商"手中把话筒要过来说:"在我看来,做官没什么诀窍,如果这种诀窍指的是阿谀奉承,我们在座的各位可能都不擅长。如果一定要有诀窍的话,那就是成天想着怎么把工作做好,让大家对你的工作满意。我们是学习法律的,完全可以感受到,这些年来在一大批有志者的推动下,国家法制建设有了巨大进步,站在一旁指手画脚有帮助吗?"

大家都明白如琪想说什么,也觉得"军火商"过分了。

接着如琪笑笑说:"建议采访到此结束。"

大家也感觉聚会的氛围有些被"军火商"搅乱了,听到如琪的建议一阵拍手叫好。如琪拿着话筒走了下来,转交给了主持的同学。

如琪对柳瑶说了她的担心,不把话筒拿过来,真不知他要把班上的同学搞到多么难堪呢。他似乎积累了好多不满。

"很可能下一个就会采访到你。会问你,你觉得男性伴侣更年轻对女性来说适应吗?"如琪笑着对柳瑶说。

柳瑶有些难为情地笑答道,说不定真会这么问呢。

159

第八章

难以说明白的爱

一

汪如琪作为庭长回到了刑事审判庭。

她觉得还是要通过办案更好地带一带年轻人。为此，她要书记员找一件复杂的案件给她办理。小伙子也不客气，认真进行了挑选，把一件被告人被判了死缓刑的强奸杀人案件挑出来给了如琪。

卷宗的第一页有被告的相片。这个男人清瘦文气，戴着镜片很厚的眼镜，看得出是高度近视，这是凶杀案中少有的面相。看他的简历，原来是工厂技术员，难怪看着有些书生气。被告人强奸杀害了自己的女朋友，没有任何从轻情节，判了死缓刑。判决后被告上诉了，但上诉理由竟然是自己罪大恶极，该杀，希望上级法院撤销对自己的死缓刑判决，改判自己死刑。这是什么上诉理由？案件马上令如琪高度警惕。

案件的被害人是进厂时间不长的年轻女工，她在中专快毕业时到这个工厂实习，与技术员认识了。在技术员的积极帮助下，她最终正式进了这个厂当工人。相互的好感加上诚心的帮助和感谢，两人之间自然越走越近，建立了恋爱关系。这个厂在郊区，案发这天是休息日，两人相约到市郊的公园见面，结果在约会时，发生了年轻女工被技术员强奸杀害的惨案。技术员供认，当天两人在一起亲热后，女方提出她家人不同意他们的婚事，她不想这么耗下去了，要断绝往来。技术员说，当时他很受打击，回想到自己小心呵护了女方这么长时间，却得到这样的结果，不由得怒火中烧，一气之下就起了杀心，想一了百了，大家都不活算了，他掐住了她的脖子，直到她不再呼叫，身体变软了才松手。

技术员有过一次供述是不一样的。他在那次供述中说，自己和女孩子在半山处坐着说话，突然有两个人出现在他们面前，用长腿丝袜罩住了头，手里都拿着匕首，分别对准他们，要他们把身上的钱掏出来，然后持刀对准他的那名劫匪反捆住他的双手将他往一边拖。他一边大声呼救一边挣扎，挣扎过程中自己的眼镜不知滚掉到哪里了，他听见女朋友的声音越来越小，想着自己不是这两人的对手，就心一横从半山腰滚下去求救，但滚不远就被树枝挡住进出不了，只好在那里大声呼救，过了一阵总算有人过来救了他。救他的人说，她被送医院救治了。他带着他们找到了女朋友被扔在那里的挎包，也找到了他的眼镜，然后到派出所讲了事情经过。派出所的人叫他等刑侦队的人来问了再走，当晚他就没有离开派出所。这是他的第一次供述，但后来的供述就变成了因为女孩子情变，他杀了她。

在如琪以前办过的案件中，被告人的供述前后有变化是很普遍的，但大多数是避重就轻，杀了人的，就说自己在一边放风，没有参与动手；多次抢劫的，只承认被抓住的这一次；也有开始不认罪，之后坦白认罪的，但从受害人变为杀人凶手的供述，如琪还是第一次碰上。

二

如琪看着那张戴着厚厚眼镜的被告人相片，陷入了长久的思考。这个男人，无论杀人还是被害，他都在现场，都能作为当事人把现场发生的情况说清楚，或者他确实是因爱生恨，动手杀了这个因家庭反对情不得已的女孩子，也或者是突降横祸，他和女朋友被人劫杀。但证据呢？法医检验年轻女工被杀害前有过性行为，提取的精液鉴定DNA与被告人一致。但这两人是情侣关系，可能是自愿发生性行为；但如果因爱生恨，被告人也可能会强迫与被害人发生性关系，这份通常最有分量的DNA鉴定意见，在这件案件中并不能确定地指向犯罪。被告人的双脚似乎分别踩在罪与非罪、凶手或被害人两边。而这难以说清楚的一切，是摆在如琪面前的困境。

摞起的卷宗高高的，前面办案的侦查人员并没有轻信技术员，他们做了大量的排查工作，有好几本都是排查工作记录，但没有发现其他嫌疑人。

如琪把公园的保卫科长请到了办公室。保卫科长是最早到达现场的人，案卷里边有对他的调查笔录，如琪也认真看过了，但现场在他们那里，如琪还是想再听他作一次情况介绍。

保卫科长面容黢黑，一看就是经常在室外巡逻的人。

"这两人去的地方很偏僻，平时少有游客走到那里，就谈恋爱的人爱去。那一带也发生过案件，主要是抢劫，专抢这些谈恋爱的。抢劫犯会突然出现持刀相逼，那些谈恋爱的也不敢呼救。"

"发生的这些案件都破案了吗？"

"大多数都破了，也有没破的。"

"哪些类型的案件没有破呢？"

"流窜作案的不好破。这种人做了案就跑了，不好找。加上那里树林茂密，从许多地方都可以进出，案发后组织围山搜捕也很难有结果。附近一些有恶习的人我们都掌握，可以排查出来，但流窜作案的很难抓到人。"

"有蒙面作案的吗？"想到技术员曾经讲过被蒙面人抢劫，如琪不太肯定地问这位科长。

"有过一个蒙面抢劫的报案记录，被抢走的钱不多，也没什么线索，案件没破。"

"什么时间的事呢？"

"现在讲就是前年的事了。"

第八章 难以说明白的爱

"报案记录还在吗？"

"破这件案的时候都交给刑侦队了。"

与保卫科长的谈话似乎让如琪看见了远处的一口井，但还不知道里边有没有水。

如琪带着书记员去公安局与破案人员座谈。

虽然都在一个系统，但如琪很少到公安局。

走进公安局刑侦队的办公室就知道他们很忙，里边充满着男人的味道，有很多丢在烟灰缸、字纸篓和墙角的烟头，墙上挂着几面为民除害、破案神勇的锦旗。几张椅子方向不一地围在一张长桌周围，显然是一个时聚时散的地方。队长已经在等如琪了。

看着脸色疲惫、身材瘦削的队长，如琪知道他们很辛苦。刑警的压力太大了，一旦有发案就要立即赶赴现场，特别是发生重大凶杀案时，被害人家属悲戚、愤怒地等待破案抓住凶手，社会舆论的关注猜测，各级领导要求及时破案的批示，都让他们的神经和肌体没日没夜地高速运转，他们没有节假日，每破获一个大案就是他们的节日，大家就会找个地方痛痛快快吃喝一顿，借此把破案期间的压力全部释放出来。那时刻，每个人都没有正形，都会像从小在一起长大的兄弟似的逗逗闹闹。很多刑侦人都喜欢这份工作，真实、紧张、刺激，年纪大了也舍不得离开。

如琪很信任地看着队长，也把疑惑交给了队长："技术员一开始说到被丝袜罩头抢劫的供述你怎么看？"

每一个侦查员都会关注自己破获案件的最后结果。刑侦队长是经验丰富的老侦查员，对于这个论罪当被判处死刑、最终却只是判处了死缓刑的案件，他知道这是一审法院认为证据还有问题，所以斟酌再三做出的留有余地的判决。

"对技术员一开始说到被蒙面人抢劫的事，即使在他认罪以后专案组也没有轻易放过。专案组对那天进入那个区域的人都进行了排查，但毕竟案发地是公园，有没有漏掉的也确实不敢说死。我们也排查了在那一带发生过的案件，之前确实也发生过用长丝袜罩头抢劫的案件未破。我们曾提出暂不结案，与未破的蒙面抢劫案件并案侦查，但被害人家属几乎天天到公安局和市里去要求严惩凶手，闹得沸沸扬扬的，就没有按并案侦查的计划办理。"

刑侦队长对这个案件其实也是有些存疑的。技术员的态度变化反差太大，先是悲痛和愤怒，然后又变得消沉死寂。但他心里最大的疑问是发现技术员时他被反捆的双手，一个技术员，有这么厉害的反侦查意识吗，能很冷静地把自己反捆起来？

他反复问过技术员："你的手是被谁捆住的？"

"是我自己捆的，我看见她一动不动，确实是死了，很害怕，就从她的包里找到了一根带子，把自己的双手反捆在身后，假装自己是被别人捆住了，这样就不会怀疑到我头上。"

听起来也很不符合逻辑，捆绑自己的带子竟然是从被害人的包里找到的，然后再把自己反捆上。队长当时试了一下反捆自己双手，似乎也能捆上，但要看是如何捆的，结是怎么打的。当时把技术员作为被害人解救时，谁也没有顾得上去看捆住他双手的绳结是怎样打的。问题就卡在那里了。

这位老公安是知道证据分量的。队长把他当时的疑惑如实给

第八章 难以说明白的爱

如琪讲了。如琪问队长："您认为还有可以补做的工作吗？"

队长有些踌躇，但还是说了："可能有一个鉴定还可以做。"

"什么鉴定？"如琪紧追着问。

"案发那天发现被害人时她已死亡，是被凶手掐死的。她的上衣和裤子被扯开了。从现场情况看，被害人挣扎反抗很厉害。当时在被害人的大腿内侧发现了一段毛发，显然是男性的，当场做了提取，但因为我们的技术能力做不了毛发鉴定，与鉴定机关联系过，他们又提出毛发量太少，鉴定做不出来，所以就没有再送鉴定。这段毛发现在还存放着。"

太意外了，如琪完全没有想到还有这样的收获！物证是证据之王呀，何况还是在被害人身体上发现的毛发。如琪立即返回省城与省外一所专门的技术鉴定中心联系了，他们答复可以送来看看。如琪高兴极了。很快，队长按如琪的要求专门把那段毛发送去了，鉴定中心说那个量可以做鉴定。现在，所有办过这件案子的人都在忐忑地等待着鉴定的结果。

三

这天，如琪来到看守所，提审技术员。

她听到由远而近的脚镣声，沉重、缓慢，然后在提审室门口停住了。

"报告"，技术员的声音很微弱。

技术员中等个子，三十多岁，脸色苍白，头发稀疏，身体虚弱，有一双有些女性化的手，依旧戴着那架有很厚镜片的近视眼镜。他坐在提审室中间的椅子上，低垂着头，双手放于膝盖，整个人就好像一床没有呼吸的棉絮静静地搭放在椅子上，看起来心如死灰。

如琪看了他好一阵，没有问话，被告的头也始终没有抬起来过。

"你为什么要求判死刑？"

"我该死。"回答很漠然。

他看起来既没有想讲清楚问题的主动，也没有想隐瞒什么的紧张，提审显得很艰难。

"那天你们坐在什么地方？"

"一块大石头上面。"他的回忆在这位女法官的提问下，有些开闸了。"她是个爱干净的人，那是她找的地方。她还用纸掸了一下石头面上的浮尘。"

"你是在哪里动手的？"

"就在坐的石头那里。她突然改变了态度不愿意与我结婚，我很愤怒就把她掐死了。"

"她呼救了没有？"

"没有。"

被害人的尸体解剖报告显示，她的呼吸道里有被吸入的草屑，分析当时周边环境有草地，这与技术员交待的周边环境并不相符，而且被害人应当有大声呼救挣扎的行为,所以她的呼吸道里才会吸入这些草屑。看来被告人并没有讲实情。

"她对你孩子和母亲好吗?"技术员离过婚,与前妻有一个孩子。

"非常好,她一有时间时就会到我家帮助我母亲做些事,也会哄我孩子玩,她们也合得来。"

"她真心喜欢过你吗?"

"当然。但她家里很反对,我们两人在一起时她都不怎么说这些让我们心烦的事。"

"她怎么会突然转变态度要和你分手呢?"女方家庭从一开始就反对,但并没有影响两人之间的感情,当天技术员约了被害人是想商量结婚的事,突然发生女方提出家人不同意,要断绝往来,导致技术员因情断杀人,这看起来不太符合他们感情发展的逻辑,如琪想要他做出解释。

技术员在一阵沉默之后,寂寂地说:"我也不清楚。"

"你的孩子由谁照顾?"

"我母亲。"

"你母亲知道你为什么被判刑吗?"

又是一阵沉默。这个女法官的问话戳痛了他,他不想碰这个问题。他这一世对母亲真的无以回报。母亲就他一个孩子,父亲早逝,今后又要靠母亲抚养自己的孩子,生活会多艰难可想而知,而且母亲还要背着有个杀人犯儿子的骂名,这是自己给她的永远的烙印,烙在她的心上,让她永远生活在痛苦之中。他痛彻心扉,实在不愿去想，眼泪无声地滴落下来。他不想让提审的女法官看见眼泪，把头埋了下去。

如琪一直在仔细观察他，当然看见了他的眼泪。她知道，问话到了一个关键点。在他的感情不能抑制的时候，也可能会有些真实的想法讲出来，于是不再说话，静静地等他回答。

过了一会儿，技术员终于抬起头对如琪说："母亲一定不会相信我杀人，但我没办法向她解释清楚。"

"你想向她解释什么呢？"

技术员的头又低垂了。他的内心明显一阵挣扎……再次抬起头时，厚厚的镜片背后，那双眼睛里竟有了些期待："法官会相信我说的吗？"

"说吧。"如琪不动声色。

"我没有杀人！"

他接下来的供述，回到了第一次被蒙面人持刀抢劫的说法上。他说的那些内容，如琪都了然于心。

"既然是蒙面人抢劫了你们，你为什么又说是自己杀害了她？"

"当天晚上，在派出所我如实把情况向审查我的人说了。他们好像有怀疑，一再问我是怎么知道挎包被扔在那里的。又问我当天是不是与她发生了关系，有没有强迫。我提出要去看望女朋友，他们说我不能出去，因为她已经死了，我有嫌疑，要审查，然后宣布了对我刑事拘留。知道她死了，我真的很绝望，也不想一个人活下去了，后来干脆就说是自己杀了她。可是最终却没被判死刑，这不是我要的结果。"

第八章 难以说明白的爱

"你的手是自己反捆的吗？"如琪注意地看着他问。

"那天劫匪上来就先把我反捆了。后来我对刑侦队长说是我自己捆的自己，这样说是为了让公安相信我在杀人后又伪造了现场。刑侦队长很怀疑，老问我是怎么把自己的双手从身后捆上的，我还演示给他看过。我小时候调皮，几个男孩子专门在一起学过这方法，确实能把自己反捆上。那天是上来救我的人给我解开的，也不认识是谁了。"

如琪让他再做一次反捆自己的演示，还真反捆上了。后来如琪回到办公室自己找了一根绳子模仿着做了一次，但没有成功。

四

半个月后的一个早晨，如琪刚进办公室，书记员就递给她一封来自刑事科学技术研究所的寄件。一定是那份万分期待的鉴定结果！如琪办理过的案件送鉴定的不少，每一次的鉴定结果都会与她的预测差不多，因为案件本身的证据逻辑让她可以有合理的推论。但这一次，她觉得很难预测。

如琪打开信封，里边照例只有几页纸。她先看了最后一页，显然是有结论的，不觉先松了一口气。因为无论是怎样的鉴定结论，有结论就好，就怕回到做不出鉴定的原点。如琪屏息细看，鉴定结论的最后几行字写着："送检毛发的 DNA 与两份对比样本的 DNA 不相符。"如琪立时感到心脏在"怦、怦"狂跳。提供的对比样本是技术员和当时也被重点怀疑的另一人的。既然这两人都不是，那么就是这两人之外的另外一个人的体毛了！这个结论太重要了！围绕这个结论，一切都要重新研究，一切都要有真实合理的解释。这段体毛是在被害人大腿内侧找到的，这个人一定与女孩子的被害有直接关系。

如琪把鉴定意见书给公诉人和辩护人都看了。

技术员是否有罪，最后要在法庭上用证据说话。

如琪感到，现在对这个案件的审理有很好的时机。前阵子省外曾发生过一件案子，案中认定已被人杀害的"被害人"竟然出现了！好在之前认定的杀人凶手还羁押在监狱里，这才有机会为那件冤错案件平反。案件公开后社会震动很大，几乎就是一次全民参与的讨论和反思，审判机关也深刻剖析吸取教训，疑罪从无、非法证据排除、无罪推定等理念在被法官深刻认识理解的同时，社会也开始逐渐认知和接受。可以说，这是一次通过吸取教训得来的有共识的认识转变，司法机关对案件质量的把关要求也上升到一个前所未有的新高度。

技术员自己没有请辩护人，法庭按规定给他指定了辩护人。辩护人很年轻，他没有想到接手的是这样一个有影响的案件，特别在看了二审出现的新证据后，他深感震惊。他的辩护准备工作做得很仔细，技术员也被他做通了工作。他很直接地对技术员说："你希望把真正的凶手绳之以法吗？你愿意凶手逍遥法外，甚至继续作恶吗？"

技术员似乎顿悟了，于是重新写了一份为自己做无罪辩护的补充上诉状。

五

对技术员强奸杀人案的法庭审理开始，穿着法袍的如琪端坐在法台中央。

今天的公诉人座席上有三位检察官在座。年轻的女检察官首先站了起来宣读起诉书，宣读完毕后，她没有立即坐下，而她接下来说的话，足以让所有旁听的人都屏住了呼吸："鉴于本案在本院提起公诉后出现了新证据，新证据对本案有重大影响，建议法庭将案件退回本院进一步补充侦查。"

旁听席上坐着之前办案的公检法几家的办案人，他们都是专程过来的。此案影响很大，被告人一审论罪当判死刑，但因为对证据链存疑判了死缓，当时就有很大争议。在知道那段毛发被送去鉴定后，大家也很忐忑。虽然现在还不知道鉴定结果，但都是有经验的人，既然公诉人请求将案件退回补充侦查，那显然还是证据有问题。

辩护人立即表示反对将案件退回补充侦查，辩护人认为，本案现有证据可以定案，法庭应当继续审理。

合议庭也没有预料到公诉人一开始就主动提出了退回检察机

关补充侦查的意见。在与合议庭成员商量后,如琪宣布:"法庭继续审理,对公诉人提出的意见法庭将在审理结束后一并考虑。"

法庭要求被告陈述对起诉指控的意见,被告人在法庭上第一次大声说出自己没有杀人:"起诉指控我的犯罪不是事实,我没有杀害被害人,是抢劫我们的人杀害了她。"

虽说已有预料,但旁听席上还是出现了一阵骚动。

控辩双方开始向法庭举证。

公诉人向法庭高度归纳地列举了原审的定案证据之后,向法庭说明,鉴于有新证据出现,将在案件退回后进一步调查核实证据,所以将不再对证据进行质证。

辩护律师站了起来,显然今天他站在上风口。在书记员宣读了作为重要证据的现场勘查和对被害人尸检的法医鉴定结论后,他紧接着进行了发言:"尊敬的审判长,作为被告的辩护人,我对这些证据的真实性、合法性都没有质疑,但是仅凭这些证据就能证明被告杀人吗?被告就在现场,他作为被害人或者说见证人,同样可以讲清楚现场发生的一切。是的,我要指出的问题是,这个案件认定被告人有罪还缺乏起到定性作用的关键证据,有了这个关键证据,与之相关的证据才有它的逻辑性,才能成为相互印证的证据链。"

为了引起关注效应,他略为停顿了一下又说:"这里,要感谢司法机关实事求是的办案态度,现在此案的关键证据已经查实,但在法庭出示这个关键证据之前,我请求向法庭继续提交证据:法医当时对被告人身体情况检查后,记录了被告人手腕上有被绳索捆绕的勒痕，说明被告人说双手被反捆的陈述与法医鉴定结论是相互印证的。但他一直坚持是自己反捆了自己，真相究竟是什么，请合议庭看看他的演示。"

辩护人在得到法庭允许后播放了一段录像，是这位辩护律师在会见被告人时要求被告人演示的。

只见被告人折腾了一阵，双手确实被自己反捆上了。这时，辩护人走到他身后把捆结处就手一拉，看起来捆住双手的绳子就松开掉落了。

法庭里响起了这位年轻律师的声音："事实上，一个人要自己反捆自己而且捆得很紧，到了双手被勒出索沟这种程度，完全是不可能的，因为要捆紧的拉力也同时会撑开绳索，就像大家刚刚看到被告人演示的情况那样，他始终不能把绳子拉紧。即使被告人想说明自己杀了人，想说明是自己反捆双手伪造自己是被害人，但双手被勒出的索沟是他自己做不到的。我要说的是，现场一定还有第三者，只有他才能把被告人反捆得很紧，除非被告与第三者是同谋，否则被告人就不是凶手，而是被害人。"

律师的话音还未落，旁听席上又是一阵交头接耳。

辩护律师继续说，我还想再归纳一下被害人的日记内容。这本日记的笔迹已经过司法机关鉴定确认是被害人笔迹，由侦查机关作为证明被害人与被告人有恋爱关系的证据被搜集在案。日记从头到尾都记载的是她对被告人的爱情，还有她对父母劝离的痛苦和坚持。直到被害的前一晚，她还写下了对第二天两人见面的美好期待。这样一段感情，怎么会突然发生剧变，成为她提出断绝情爱的死亡之行？这显然不符合逻辑。就他们两人的关系来说，被害人更有主动性，只要她的情未断，被告人就不可能以杀人方式来埋葬这段感情。这本记了两年多的日记证明他们两人的感情虽有阻拦，但发展一直是稳定的、牢固的，被告人并没有杀人的作案动机。不过，还有更重要的新证据能够说明这一切，请法庭出示鉴定机关对现场发现物证做出的鉴定结论。

辩护律师提出了请法庭宣读新证据的请求。

旁听席上所有人的心脏一下子被攥紧了。这一刻，法庭一片寂静，人们屏住了呼吸。

法庭书记员大声宣读了研究所对那根毛发的鉴定意见。如果之前辩护人的举证还带有分析推理的色彩的话，那么现在宣读的鉴定结论就是铁的事实了。这段在被害人大腿内侧发现的毛发不是被告人的，这个鉴定结论证明了现场有第三者存在。几乎所有人都在心里做出了认定：这个第三者就是杀人真凶。

"根据现场发现被害人衣裤被扯开的勘查记录，此案在被害人大腿内侧发现的这段体毛，只能是凶手的。这是排除被告人作案最直接的证据，建议法庭将被告人无罪释放。"在书记员的宣读结束后，被告辩护律师紧接着的这番话，又再次令旁听席上的每一个人感到惊骇。

公诉人方面依然很冷静。那位老成持重的公诉人站了起来，他向法庭表示要发表意见："审判长，我们在今天的庭审开始时已表达了意见，我们认为法庭在二审中发现了新的证据，新证据具有合法性、关联性、真实性，新证据证实了这个案件有第三人存在，所以我们建议合议庭将案件退回检察机关补充侦查，或者发回原一审法院重审。"

审理结束了。如琪宣布，案件将择期进行宣判。

在有证据证实现场有第三者而又没有抓到第三者的情况下，对被告人能不能认定无罪？如琪预料即将对案件进行讨论的合议庭肯定会有不同意见。但她的内心很坚定，综合全案证据情况分析，这个案件的证据存在重大问题，对被告人不能做有罪认定。但是，是直接认定无罪还是将案件发回原审，由原审按疑罪从无的原则对被告人宣判无罪？如琪选择了后一种考虑，这样处理平稳一些，同时也可以促使当地公安机关进一步排查抓获真凶。如琪的意见成为合议庭多数意见。

六

这个案件在省里政法各家影响很大，连退休好多年的市法院老庭长都听说了，为此还专门找到了如琪。老庭长关心地问起这个案件，如琪只是笑笑地对老庭长说："您放心。"

老庭长近前了小声对如琪说："听说你是省法院推选出的优秀干部，在省委组织部都备了案的，可千万要小心，别影响自己。"

如琪对老庭长说："您是知道我的，我就喜欢当法官，当好法官，把案件办得扎扎实实的，我也不想别的。"老庭长明白这是如琪在表明，自己的态度不会有改变。

这件重大案件最后必须由院审判委员会进行讨论决定。

如琪也是院审判委员会的一员，尽管这时的她已经从当年的年轻女法官成长为一位沉稳成熟的女庭长，但今天，她仍有些忐忑，疑罪从无的原则适用于这样重大的案件，会有共识吗？

走进会议室，已经有委员落座了。

心蕾也是委员，她在用眼神向如琪交流问好，然后笑笑，什么都没说。这时的高庭长已经被提拔成分管刑事审判工作的高副院长了，他在如琪之后也进入了会议室，在椭圆形会议桌靠中间的固定座位上坐下了。

将近八点半，院长进来了，会议室立刻变得十分安静。院长秘书小声向院长报告了要审理的第一个案件。院长没有多言，对身旁的高副院长说："开始吧。"

高副院长向坐在汇报席上的如琪点了点头。

审判委员会用了一天的时间讨论这个案件，如琪的汇报就用了两个多小时，没有人插问，在如琪停下的间歇，会议室里很安静，仿佛听得见如琪喝下的温水缓缓地从她的喉咙流过。这样一件疑窦丛生峰回路转的案件，有着复杂的证据关系，委员们的思考都随着如琪的汇报在迅速进行分析判断，不容许有任何疏漏，这样才有助于完成他们自己随即在脑子里建立起来的证据链。如琪的汇报结束了，会议室里依然很安静，每一位委员都明白这件案子要慎之又慎，他们的思考仿佛还在继续。过了一会儿，按惯例一位资历浅一点的委员首先发言:"这个案件一审之所以判处被告人死缓刑,就是已经注意到了证据存在的问题,也是谨慎把关的考虑。"大家都同意这个分析。他继续说:"现在二审增加了重要证据,证实这个案件的证据链确有重大缺失,不能排除另有他人作案,但这个案件有特殊性,它的特殊性在于只有抓到那位在现场出现的第三者,才能彻底解决被告人是否有罪的问题,退一步说即使可以认定还有第三者,但在没有抓到这个第三者之前,也不能完全否定被告的犯罪嫌疑人身份,毕竟还是有证据指向他。这个案件在当地社会影响很大,如果以疑罪从无的原则认定原审被告人无罪,肯定会有争论。稳妥一点考虑,可以先发回重审,把新证据提交公安,由他们抓紧侦查,抓到真凶破案后再对本案进行改判为好。"

如琪明白这是一个等待的意见,就是将案件发回到一审,等待把第三者抓到后再做审理,这与自己的认识基点是不同的。自己是考虑在平稳处理的前提下,将案件发回重审后由一审法院依据新证据按照疑罪从无的原则做出新的裁决,而不是要等待抓到了那个出现在现场的第三者之后再行裁决。

心蕾已经在接着发言了:"这个案件让人感到扑朔迷离,但后来发现的这个物证是最重要的证据,把当时现场发生的一切与这个物证联系起来分析,必然存在第三人作案的问题。原一审认为这个案件在证据上有瑕疵,因此判处被告人死缓刑。现在进入二审后,既然在证据方面有了重要发现,那么如果案件发回去后长时间没有抓到真凶怎么办?这个被告人就要在看守所里等着?所以处理这个案件很重要的一点是要考虑我们的指导思想和司法理念问题,如果按照疑罪从无的原则要求,这个案件就应当由二审直接改判被告人无罪。"

心蕾的话从来都很犀利,这让先发言的那位委员有些激动:"现在的问题是案件虽然不排除另有他人作案,但也不能完全否定被告人作案,一审判处被告人死缓刑被害人家属已经在到处上访反映了,在没有抓到现场的第三人时就把被告人无罪释放出去,我们到时该怎么回应被害人家属的上访告状、社会舆论压力还有有关方面的过问等,将案件发回重审,抓到真凶后再进行审理,既符合这个案件的情况,也有利于促使当地公安抓紧时间破案。"

心蕾和这位委员发言了两轮,后面委员的发言也都认为这个案件的证据有重大问题,但怎么处理,有很大分歧。

"你是什么意见?"院长问身旁的高副院长。

高副院长已经想了好一阵了。这个案件的证据确实不是一般的瑕疵,而是可能导致冤错的重大问题,必须坚决防范,他在反复掂量该怎么处理,要尽量形成共识。听见院长在问,他从容地说:"这个案件原本就是留有余地的判决,但即使这样,由于出现了新证据,证明了第三人作案的极大可能性,这就改变了原有证据的证明方向。如果说在原审期间,有没有第三人还只是没有完全排除干净的担心的话,那么现在新证据的出现就证实了第三人确实存在。我认为我们应当按照疑罪从无的司法理念统一思想认识,坚决防止发生冤错案件。前面发言的担心不是没有道理,这个案件原审法院判了死缓刑,被害人亲属就一直要求法院判处被告人死刑，多次到我们省法院来过，还到了很多部门上访。女孩的遭遇和她父母的呼吁得到了社会的同情，劝说工作很难做。但他们要的是真正的公正，要的是把真正的杀人凶手绳之以法，所以我们要做的事恰恰是要澄清事实，缉找真凶。对在二审中发现的新证据，虽然可以由合议庭作为事实不清的案件发回原审法院重新审理，但如果省法院按照疑罪从无的原则直接做出无罪判决的话，必将产生重大影响，从而引导相关工作部门和工作环节更深刻理解和掌握疑罪从无的要求，这更加重要。"

  高副院长的发言得到了多数委员的赞同，也得到了院长的支持。最终，会议按照多数意见形成决定，结束了讨论。后来的结果不出所料，此案在省法院对被告人做出无罪判决后，全省政法系统反响强烈。省领导还专门听取了案件汇报，并对省法院严把案件质量关，严防发生冤假错案，对全省法院刑事审判工作进行积极指导的做法给予了充分肯定。

第九章

生活的风景

一

　　这天是周末,如琪下班后回家较早。晚饭时,看着吃得有滋有味的如琪,洪阳心里有些自豪。这些年如琪在工作上不断进步,他很欣赏。他知道如琪真的是喜欢这份工作,一直在做着点滴的努力。洪阳在淳朴自然的如琪身上认识了另一个秉持正义信念的好法官。假如她从事的不是法官职业,哪里会想象到这样一个文气温婉的女子竟有这般铮铮傲骨呢。此刻,看着吃饭很香的如琪,洪阳知道她今天心情不错,就趁机把在心里酝酿了好久的话张口说了。

　　"如琪,我打算自己开公司。"

　　如琪"嗯"了一声,不过她很快意识到这件事对他们这个小家来说有多么重要,于是看着洪阳有些不相信地问:"你说要自己办公司?"

"是的。"洪阳的回答很明确。

是啊，如今的洪阳书卷气已经不怎么看得出了。过去的他额头高高的，鼻梁挺挺的，脸庞瘦削，嘴角带着不屑，高冷自傲。眼前的洪阳，架着精致的眼镜，穿着讲究的衬衫，即使是在家穿着拖鞋，脚上也穿着白色的袜子。早前那种睥睨天下的冷峻已渐渐地变成了一种灵活大度、练达自信了，另有一种成熟男人的魅力。

如琪如今也很享受与洪阳一起共同努力的小日子。家里的经济条件在渐渐改善，重要的是，如琪不必为钱的事情操心或感到那么窘迫了。她虽然习惯简朴，但也同样喜欢美好，洪阳为家里提供的经济支撑让如琪觉得幸福且踏实。她的确感受到了这个男人的能力。但是如果洪阳要自己办公司，人们自然会想着她手上的权力能为洪阳带来多么大的利益，即使一切都是洪阳自己努力的，也不会有谁相信，更何况也确曾有人用这些权力为自己和亲友谋取过私利。办公司难免会发生纠纷，如果诉讼到了法院，更会引起猜疑。如琪立刻被巨大的不安包围了：自己继续做法院的庭长还是洪阳自己开公司，这两者只能选其一，如琪知道只能这样。可是，看着洪阳眼睛里期待的闪光，如琪刚才所考虑的一切却说不出口。她知道，她和洪阳都会为了彼此做出放弃，但都太重大了，重大到会让对方觉得难以接受。

如琪想尽量把语气说得缓和一些：

"自己做老板会有许多风险。"

"这我清楚。"

洪阳深信自己也是有才干有抱负的。虽然当年走出体制是无奈之举,但没有想到外面的天地那么大,自己赶上了国家有史以来第一次真正意义上的市场经济大潮。这是一次深刻的转变,席卷了城乡,市场对每个人来说都是准入的,至于能不能站稳和发展,就要看自己的本事。在转变初期,他真的感受到了野蛮生长的力量和干劲。回想在杂志社的日子,那真是一段慢慢悠悠一成不变的时光,无惊无险。正是从离开的那天起,他才犹如从池塘到了大海,风暴和壮丽随时可见,他已经喜欢上了这样的生活。所以,现在他想有自己的船,自己做船长,可以更加自由、更加畅快地在商海里航行。为了实现这个愿望,他一直在做准备。现在,他觉得已经具备自己办一家公司的能力了。

"这些风险也包括人家会说你利用家人的权力谋利,也会说我为了帮你以权谋私。"

"你什么意思?"洪阳有些警觉起来。

"你想想,一个法官每年要判多少件案子,总会有人因为败诉不满意,也就总有人会处心积虑盯着法官甚至他的家人,然后不知何时会以对方没想到的方式猝不及防地进行攻击。你们公司上次参加投标的风险旋涡里,就有这方面原因。"如琪还是狠狠地说了这番话。

洪阳这才知道如琪因为他们公司的事情受到过牵连,他的兴奋在迅速降低。他在屋子里来回走了几趟,然后停住脚,立在如琪面前问:"那你认为该怎么办?"

"我们都再想想,好吗?"

如琪知道,不能着急做决定。她想起了下海多年的程红,觉得可以建议程红与洪阳谈谈，他们也相互认识。程红做事很有分寸，而且作为经常接受企业委托打官司的律师，他也很了解企业。洪阳接受了这个建议。

二

程红很快如约而至，在市里的清香茶楼与洪阳见面。

出于对如琪的敬重，程红对洪阳也如老师一样敬重。早前他觉得洪阳一看就是那种从小没有吃过什么苦，受过很好教育和爱护的孩子，后来听说洪阳下海了，程红有些吃惊，他认为以洪阳的书生气不是很适合，社会毕竟很复杂。不过，此时此刻，看着坐在自己对面的洪阳，程红有了很大认同感。至少在着装上，洪阳已经与之前有了太大转变。西装笔挺，白衬衣干净挺括，很有一副大公司出来的派头。

洪阳很坦诚地与程红谈了想自己办公司的打算。

程红觉得洪阳从一个杂志社编辑走到今天，有了一定的资本人脉，更重要的是有了自己创业的经验和计划，已经是个颠覆性的改变。现在，洪阳和如琪都处在事业上升期，按各自的发展情况，毫无疑问都会越走越好。但如琪是省法院的庭长，有多少案件的当事人都在盯着她？程红洞悉一些人打官司的心态，他们会千方百计打听主审法官的经历和社会关系，分析这些社会关系会

第九章 生活的风景

怎样影响到案件的审理,有设套的,给法官说是老同学见面,结果饭桌上就有当事人,甚至是由当事人付的饭钱。更有厉害者,如果他们发现了蛛丝马迹,就会跟踪拍下照片,并很快作为证据寄给法官的领导或纪检机关。如果洪阳的公司遇上诉讼,他的妻子又是法官,那么无论胜败都会给如琪平添无数封告状信。可想而知,这样必然导致相互被拖累,后果就是双方都得不到发展。现在,要么是如琪不做法院的庭长,要么是洪阳自己不办公司,两者只能选其一。程红把自己想到的都向洪阳说了。

"那你觉得怎么选择对我们两人来说是明智的?"

程红听得出来,洪阳心有不甘,他还是想在自己办公司和如琪当法官之间找一个支点。

程红继续诚恳地说:"这其实是你们自己要做的一个选择。如果你开公司,纵身商海,如琪庭长就换一个岗位,然后你们会有一个物质优渥的生活环境。但是作为了解如琪庭长了解法院的我来说,我真的希望如琪庭长继续在那里干下去,她的事业正处在上升期,我真的希望她能够在法院有更大作为。"

说完,程红感觉有些口渴,要的茶已经凉了。他端起茶杯,对着沉思的洪阳笑笑说:"喝茶。"洪阳这才回过神来。

他也很掏心地对年纪比他小的程红说:"我现在实际上就是在为老板打工,当年我读大学时,我的老板还在工地上和砂浆呢,而现在他却可以雇佣那么多大学生为自己工作。我不是瞧不起他的出身,相反我很欣赏他,他敢于大胆按照自己的想法去做投资和发展,有坚定的意志,即使是利益驱动,那也是不可忽略的能力。自己做老板，自己做决定，有实力更有智慧和独立，我真心希望自己也能这样去生活。"

程红觉得洪阳骨子里就是有傲气，不甘寄人篱下，还是一个读书人的根底，但他自己和如琪都不会允许不按规矩办事。是啊，洪阳说得对，现在许多老板都是曾经的小商小贩包工头，他们胆子大，能吃苦，敢踩红线，有的甚至越过红线，不怕冒风险，再加上其中有些人有很硬的政商关系，自然不乏有利的商机，但这些都不是洪阳所具备的。洪阳想把自己打造成一个有完整人格的人，但是在商海里，为了利益点头哈腰或撒泼耍赖那也是基本功。程红觉得洪阳还真的不适合自己办公司。

程红心里突然一下子有了主意。他对洪阳说："我知道市里有一家上市公司在全国招聘财务总监，建议你去试试。上市公司一般都有比较好的业绩，规模也大，管理也很现代化，成长性好，你可以在这样的大公司里学到很多与过去企业完全不同的管理理念和方式，很有干头。"

洪阳听了有些心动。

洪阳其实一直很努力。从编辑部出来后，他又在一所财经学院学了会计专业的本科文凭，后来又去读了工商管理硕士，刚刚毕业拿到硕士学位。在学习过程中，他对上市公司的内部结构和管理产生了浓厚兴趣，很喜欢这类法治化的管理模式。

程红曾经为这家公司的上市做过法律方面的准备工作，比较熟悉情况。他知道以洪阳的情况去应聘，应该没有问题，自己也可以为洪阳做介绍，这样也许事情会办得更快一点。不过程红不想这么做，因为洪阳的自尊和如琪的自律都不会接受他的这番好意。还是让洪阳自己选择和争取吧。

程红打电话告诉如琪："我们谈得不错，洪阳看起来不再坚持自己办公司了。我建议他换到一家上市公司去干，那里正在招聘高管，他好像有兴趣。"

如琪太感谢程红了，这解决了她内心的两难问题，如琪连声向程红表示感谢。程红觉得这是他听到如琪一口气说"谢谢"最多的一次，他有些不适应，忙对如琪说没做什么，就是给洪阳提了条建议，仅此而已。

晚上回到家，如琪觉得洪阳心平气和，看来与程红交流的效果不错。如琪是懂洪阳的，她知道他并不甘心在现在这家公司干，虽然老板一直很信任他，但他总觉得有些憋屈。这家公司说到底还不是个正规现代的公司。如果洪阳能去上市公司工作，公司和个人都有发展空间，这非常符合洪阳的心愿。

洪阳没有迟疑，马上着手了解这家上市公司的情况，开始准备报名材料了。他对自己的履历和学历还是很满意的。他要把握好给对方的第一印象，既不能因为学历背景比较好，有好高骛远择高枝的嫌疑，又不能让人觉得沾有多年商海的俗气。他比选了好多张相片，最后还是选了那张取得MBA学位后的那张照片贴上。他觉得这时的他，成熟内敛通达，让人信赖。

后来，还真达到了这样的效果。这家公司是国有企业改制上市的，老总从机关出来，所以对既熟悉市场又熟悉体制内情况的应聘者更有兴趣。此时已经有几份挑选出来的简历放在了他的办公桌上，他需要再把范围缩小些，挑出两个进行面试。洪阳的履历被他先拿出来阅看，履历照片上那张显得睿智沉稳的面孔，他第一眼就比较有好感。老总是学经济管理的，在他任上，公司成了有影响的上市公司，现在发展势头强劲，他想继续再推一推，但团队很重要，所以，对进入公司管理层的人他都会认真掂量比选。最后，他把洪阳作为参加面试的人挑了出来。

　　洪阳得到了面试通知，也算预料之中，他对自己还是有自信的。但听说面试关是二选一，对手也很厉害，国外名校毕业，人很年轻。这些年洪阳很少想到自己的年龄，此时突然有了一个年轻好多的对手参与竞争，他这才觉得四十多岁的自己与三十岁刚出头的小伙比有多么大的差距。这种心态也影响到他面试时的状态，他决定不必那么主动犀利，自己还能比刚从国外名校回来的年轻人更敏锐吗？所以，他的策略就是把提出的问题回答清楚，做到稳重、踏实、诚恳。

　　面试结束后，公司高层的讨论重点变成了谁的气质性格更适合做财务总监，两人的专业背景都无可挑剔，主考官们从不同的角度欣赏着这两个人，挑哪一个都舍不得放另一个。主管财务的公司领导更偏向洪阳，他认为财务总监就应该沉稳一些，更要有原则性、独立性，公司老总也是这样的想法。最后，老总提出用洪阳做财务总监，把那位国外回来的年轻人聘为总经理助理，大家都觉得这样好，也符合两人的优势特长。

第九章 生活的风景

三

洪阳得到通知后十分高兴，但他还有个棘手的问题，那就是要给自己现在的老板一个合适的交待。他和老板在一起共同经过了这些年的风风雨雨，也算相互知根知底。他为老板做了许多，公司这几年事业发展的关键时刻他都功不可没。当然，老板也没忘记给他升职加薪，洪阳的工资水平已不是如琪这样的公务员工资可以相比的。最终，洪阳还是坦然地走进王老板气派的办公室，说出了自己打算辞职的想法。

王老板并没有吃惊，他让秘书把水送到洪阳面前，感慨地开口道："其实，你今天才提出来，已经比我以为的时间晚很多了，所以我要感谢你。"

他端起茶杯，慢慢地呷了一口："洪阳，我知道你不会在我这里久留，当初你过来也就是权宜之计。你是喜欢读书的人，不把钱看得最重。这些年你在我这里干得很好，我要的是经济效益，你要的是价值和才干的体现发挥，所以我们之间也算得上不谋而合。你的才干帮助我实现了获取经济效益的追求，我也确实对你很赞赏和信任。我知道，你内心觉得我俗气，生活就是围着钱转，没文化，但你也看得到，我确实一直在努力。我在商场上不使坏，我有诚信的信条，这些用不着多少文化也该懂。我没多读书不完全是我的错，有时候生计比读书更重要。"

洪阳没有想到王老板这些年一直都在观察他，而且讲得很诚恳，他甚至觉得自己并不真正了解这位自以为很熟悉的老板朋友。

王老板还是有些期待地对洪阳说："我知道你决心已下，但这个决定未必最好。你不过是希望在一个在社会上有形象有影响的公司工作，然而潮起潮落，我们这样的公司也照样可以赶上潮头。你知道我这些年也有了些资本积累，我想把公司做实做强，把下面的公司实体化，真正成为我们的二级公司，增强竞争实力。你在这里工作这么久了，讲信用讲良心，做事干净又有能力，我真的很欣赏和信任，真心希望你能不走。我知道你走不是因为钱，但如果你留下，我会给你增加工资。"说完，他很期待地看着洪阳。

洪阳几乎要被老板的诚恳和善意动摇，但他也知道自己是等不起老板的发展计划的，他需要在这以前就实现个人发展。目前，到上市公司的确是最好的选择。于是，他只能狠下心来坚持说要走。

老板叹了口气说："洪阳，你千万不要自己开公司，你不适合。这算我对你的忠告。"

四

这天晚上，如琪接了一通柳瑶的电话。柳瑶很苦闷地告诉如琪，她的丈夫兼合伙人确实在她同学聚会回家后解释了寄钱的事。

"他有一个三岁的男孩。"柳瑶说。原来，当初两人分手时女方已经怀上了他的孩子，不过当时她没有告诉男方。现在她要嫁人了，就把那男孩送到了他父母那里，他给了她这些钱作为补偿。

如琪想了想对柳瑶说："这不是挺好，不然你还要考虑生孩子的事。再说他也不能无动于衷呀。毕竟这是他自己的孩子。"

柳瑶说："我没想到他和这个前女友的关系已经到了这一步，本来我一心想要生活单纯些，不料还是掉进了复杂的陷阱。这以后，他们为了孩子总会不时要有联系吧，那孩子是放在他父母那里还是接过来，或者他要提出接过来我怎么办？我的女儿也马上要考大学了，突然改变家里的氛围和习惯这会对她影响很大。"

如琪没有想到，一向精明强干的柳瑶会惶然失措。她对柳瑶说："一切都可以商量嘛！他的孩子就先放在他父母那里，把钱给够，等女儿考上大学后再说这个小儿子接不接的事。先这样跟他商量一下吧。"柳瑶觉得也只好如此了。

放下电话，如琪万分感慨。生活真是难以预料，也不知在哪个地方会看见花开，哪个地方会看见猫跑，哪个时候会有意外撞怀。

接近国庆节的一天，柳瑶约如琪趁长假结伴出去玩一趟。虽然是多年好友，但俩人还真没有一起出去旅游过呢，因为柳瑶知道如琪很忙。如琪想着柳瑶一定有什么主意在里边。她在电话里问："你有什么阴谋啊，实说吧。"

"我正在等你问呢，问了我才好开口说呀。"柳瑶也笑了。

柳瑶想去丈夫的老家去看看那个孩子，但她不想和丈夫一起去。虽然这个孩子的出生和存在并不能责怪于丈夫，那时还没柳瑶什么事呢，但柳瑶当初决定接受助手并结婚时，确实忽略了他的过往，完全傻傻地把他视为一个为了爱情而到来的人。直到这孩子的事情出现，她才意识到，原来他也曾和别的女子深爱过。这让柳瑶非常受不了。她不顾一切，想要的就是份纯粹的深爱，而他却曾经给过别人，还有了孩子。自这以后，每每看着那个温存的丈夫，她总在想，他这样对我是真的吗？

她已经被自己的猜疑弄得太疲倦了，希望尽快回到以前的状态，所以想去看看孩子，也许这个孩子能改变她些什么。

如琪觉得柳瑶很幼稚，非要求证自己的爱情是最美好的，从未被亵渎过。就是一段过往而已，既然已经过去了，再去折腾有什么必要呢。但她懂柳瑶，爱情是柳瑶的内心动力，没有爱情的滋润，她不会快乐。正好是国庆假期，女儿也考上了重点高中，母亲的身体这段还比较稳定，如琪于是答应了柳瑶一起去。

那是一个小县城，柳瑶和如琪同行来到了柳瑶丈夫的老家。她对婆婆说，这次是陪同如琪来旅游的。柳瑶的公公婆婆都很朴实，并未多问，立刻忙着给她俩张罗晚餐。柳瑶一进门眼睛就四处搜索，屋里放着几件小孩子的玩具，但不见孩子。她和如琪交换了下眼神，如琪也会意地点点头。柳瑶想先不着急，吃了晚饭再说。

柳瑶婆婆的厨艺真的很好，如琪吃得很香。想着自己的母亲原本也有几样拿手好菜，小时候很喜欢吃，可现在却身体病弱，不像柳瑶婆婆这般身体好，如琪忽然有些难过。饭桌上没什么话，柳瑶婆婆不断地往她俩碗里夹着菜。天色渐渐黑了下来，突然，一阵大嗓门在门外喊叫："你家客人走了没，娃儿要回家，不愿意玩了。"话音刚落，一个女人推门进来，怀里抱着个嚷着要爸爸妈妈的小男孩。

一定就是这个孩子了。

孩子见了柳瑶婆婆连声叫妈妈，柳瑶婆婆很惊慌地接过了孩子。

"这是他的孩子吧？"出乎大家预料，柳瑶平静地问婆婆。接着，她从包里拿出一盒色彩鲜艳的积木，"哗"地一下倒在了沙发上。小男孩立刻被吸引，乖乖地随柳瑶到了沙发旁。他的小手拿着积木不断往上搭放，摞起来的积木突然塌了，他也不哭，又开始在积木堆里寻找喜欢的颜色，重新搭放。

柳瑶和如琪都在仔细地观察着孩子。柳瑶觉得这孩子像极了他的父亲，就连搭积木的神态都非常像。

柳瑶婆婆则惊慌得不知所措。

她解释说："这孩子的妈到家来把孩子交给了我们。唉，也好可怜，走的时候哭得很厉害。现在这孩子管我们叫爸爸妈妈。我们对邻居说，他是我们收养的亲戚的孩子。"

孩子似乎很喜欢柳瑶，找来一本画册让柳瑶给他讲故事，还用手去摸柳瑶衣服上亮晶晶的扣子。天晚了，柳瑶和如琪要到宾馆住宿，柳瑶把偎在怀里的孩子交给了婆婆，对孩子摆手再见，没想到孩子竟然又扑身向她，柳瑶只好又把孩子接过来，在他的小脸蛋上亲了几下才再次交给婆婆,然后急忙离开。

躺在宾馆的床上,如琪问柳瑶:"今天什么感觉?"

"我觉得和这孩子挺有缘分,我好像有些喜欢他了。"

"我看出来了。再说这孩子也太像他了,无论神态或模样,而且还很聪明,不是吗?"

"是啊。你说,他叫他们爸爸妈妈,是不是挺可怜?"柳瑶的声音充满了叹息。

"那就接回家去呗。"如琪试探着建议柳瑶。

"那我每天看到这孩子就会想起他们的过往,想着他曾经深爱过别人,我和他还能有过去那种亲密的感觉吗?"

"这我不知道,不过人到中年遇到的爱情都不会那么单纯,除非你遇到的是个生瓜蛋子。"说完如琪自己也禁不住笑了起来。

"好呀,你奚落我。"听起来有些嗔怒,不过柳瑶也觉得有道理。

"每一个男人或女人,都会有适合自己的人,只是不会有那么多挑选的时间和机会。那些第一次看见让自己心动的人就认定了彼此的,其实也许并不是最适合的。你离了婚,就可以多一次选择。比如现在你肯定不会仅凭诗歌就爱上一个人吧?诗不是生活,你现在的选择应该更适合你。我不是赞美你离婚,而是说你现在心理应该更成熟。"

"你这么说我也不能完全同意。诗歌里是有思想和感情的,如果俩人能有共鸣,这肯定可以成为共同生活的感情基础。"

"那也要看诗歌在你的生活中有多重要了。如果还有其他更重要的事情需要你关注，而在那些方面你们又没有新的发展，日子就会越过越平淡，不是吗？"

柳瑶知道如琪在讲自己与马明明的那一段。

"其实我真的是个可以为爱情做所有事情的人，假如马明明不是那么见异思迁，我也不会与他分手。他粉碎了我对爱情的痴想，没有天长地久，没有一往情深，让我对自己有怀疑，觉得自己不是个值得被爱的女人，即使你做了一切。"

柳瑶沉默了一会儿，又无限眷念地说："生活不能重来一次，不然也可能我会有不同的选择和不同于现在的生活。"

"那也未必，如果还是当时那个你，你可能还会选择马明明，不说是命，而是当时他就是你身边的那个优秀男人，没有更多，即使有，你也不知道在哪里。现在看来，他不会欣赏你，他欣赏的是他自己。他用俘获别的年轻女人来证明自己，就像当年的你被俘获一样。不过人生不是演戏，舞台也会有新的主角，他能有多少次成功呢？他最终也会找一个人稳定下来。他不懂你，你们两人分开，这对你和他都没有坏处。你现在的丈夫也无非就是早前谈了一场恋爱，经历过一次激情，然后遇见了你。你符合了他对伴侣的要求。现在大家更看重能力，选伴侣也不例外，而且你们有许多可以讨论的话题，价值观相同，这时的他选了你，已经有过比较，不是来自激情，而是来自感受和需要。你自己也是经历过婚姻的人，难道还要求别人很单纯？"

"那倒不是这样的，因为原来他带来的只是他自己，没有别人，突然有了这个孩子，我心里完全没有准备。"

如琪觉得柳瑶已经不那么愤愤了,知道她已经在开始接受这个事实,于是又说:"有这个孩子我觉得挺好,你现在的年龄也不太适合要孩子。这个孩子是他的血脉,讲自私一点,你就不要再考虑生孩子的事了。而且这孩子还真的很可爱,你要不接走,那我就领养了,反正你的孩子就是我的孩子。"

"你真会想,我还指着这孩子养老呢!"柳瑶也不由地笑着说。

如琪在心里暗笑:好了,态度转变了,孩子可以回家了。如琪懂柳瑶,她心地善良又通情达理,结果肯定会是这样。俩人一直说到天都快亮了,才沉沉睡去。

第二天,柳瑶直睡到快中午才醒来,她不动身地看着对面床上还在酣睡的如琪,很心疼地想,如琪太累了。她的眼光沿着如琪侧睡的脸廓走了一遍,还是那么秀美,只是饱满的额头上已经有了几条浅浅的细纹。柳瑶觉得如琪已经是她生活的一部分,她的快乐、她的烦恼,都要有如琪的分享和分担。别看她坐在法庭上那么严肃、冷静,大任在肩,其实在黑色法袍的包裹下,她的内心柔情似水,温润如玉,是一个让人疼爱喜欢的女人。

第十章

新的团队

一

　　不知不觉，如琪到省法院工作已经六七年了。这天，高副院长找如琪。如琪依然以敬重的心情走进了他的办公室。岁月难留，刚到省法院时，高副院长有些花白的头发，现在几乎全白了，满头银丝，像是一种年华的高贵在闪烁。如琪看见那张栀子花的照片依然安放在书柜一角。

　　高副院长和蔼地看着如琪，一反常态地问了问她的家庭情况。他告诉如琪，前天院机关推选优秀干部，要从被推荐同志中产生到中级人民法院任院长的人选，如琪被推荐的情况很好，要做好思想准备。

　　如琪知道，下去做中级人民法院院长是一次重要的提拔，但她觉得自己喜欢做专业法官，享受这份工作带来的快乐。做院长就不那么单纯，要考虑决策的事很多，她对权力也没有什么兴趣，而且女儿刚刚进入重点高中学习，父母长期体弱多病，洪阳现在的责任又很重，她觉得要操心的事够多了。她感谢了组织的信任，心情复杂地退出了高院长的办公室。"顺其自然吧。"她对自己说。

对如琪进行提拔考察的公示很快张贴出来了。到院里来的考察组组长是位老领导，如琪看着他犹如见着早先的老院长那样亲切。这些年，如琪与考察组也有过多次的交谈，但都是在介绍别人的情况，只有今天，要讲自己。如琪安静地坐在组长对面，等着他的提问。

组长问了她在省法院工作的感受。

如琪诚恳地说，自己很喜欢也很适应在省法院的工作，省法院对法官的专业水平要求高，在这样的压力下可以不断学习提升自己。

"如果组织安排你到下面法院做领导你怎么考虑？"

"我确实没有经验，如果领导和组织信任，我会努力做好。"

"你曾经在下面法院工作过，有很好的基础，这些年你也办了不少大要案，积累了很好的工作经验，作风正派，组织很信任你，这次推荐到中级人民法院任领导职务，大家都认为你很合适，相信你不会辜负组织的信任和期望。"组长这番话语重心长。

谈话结束后如琪回想，自己当时的表态很坚决，竟没有犹豫。她懂自己，对于信任，不能说不。

之后的一切都很快，如琪刚接到调任市中院主要领导的通知第二天，就要参加中院的全体干部大会。

如琪完全来不及细想即将发生的变化意味着什么，她还有太多事需要赶着做。下班要先赶着到医院看护正在住院的母亲，晚上八点多被替换回家时，发现洪阳还没有回来，而女儿还没有吃饭；匆忙给女儿做完饭，草草吃过后收拾停当已经九点多，打电话问洪阳在哪里，什么时候回来；打电话问母亲情况怎样，稳定了没有；再进里屋跟女儿说会儿话，问问学校和学习的情况……如琪觉得已经筋疲力尽。可是明天有全院干部大会，她不得不坚持坐回桌前，静心写那份分量很重的表态发言稿。

　　第二天清晨，如琪刻意找出了一套里外全新的法官制服，很认真地把它熨得平平整整。那条印有法院天平标志的紫红色领带，虽然颜色并不扎眼，却被鲜亮的白衬衣衬托出一种不卑不亢的厚重蕴力。穿上藏蓝色的法官服后，如琪又仔仔细细地把那枚红底上有金色华表天平的法院徽章佩戴在了胸前，她从镜子前退后几步，欣赏了一下镜子里这个女法官的风采。她脑海里突然叠影出多年前第一次穿上法官服时的自己：戴着法官大盖帽，衣肩上有金色丝线镶边的肩章。"哟，那女孩多稚气呢。"她对自己说。

　　高副院长陪同如琪一道从省法院来到市法院。如琪熟悉的那个会场已经坐满了着装整齐的法官，年轻人占了一大半，如琪叫得上名字的已经不多了。当年的老院长已经退休，接替老院长的院长也将退休。那批当过她老师的老同志也即将全部退休，他们都是那个时期的精英，很多人很有才干，虽然由于各种原因大多数没有受过法学教育，但都是把工作作为事业来干，真的有使命感和责任感。现在，他们渐渐地退出了人们的视野，也渐渐在被社会淡忘。

如琪看见郑伟杰坐在会场前排。

郑伟杰这批改革开放初期从各行各业考进法院的人也不太多了。这批人的经历比较曲折，之前有的是机关干部，有的是学校教师，还有的甚至是驾驶员、仓库保管员，很多人曾经都很有抱负，但青春期正逢动荡年代，基本没有上大学的机会。二十世纪七十年代末八十年代初，国家的发展已经透出了蓬勃生气，他们抓住了各级政法部门都在恢复职能、组建队伍的机会考入了法院，从此带来人生转折。虽然当时他们中的大部分人对法院工作并不熟悉，但他们懂民情也很懂社会，所以他们的灵性在这里继续得到发挥，办案上手很快。现在，这批人也陆续在退休了。

再后排坐着一批八十年代初期进入法院的大学生和高中毕业生，现在他们正当盛年。从坐的位置看，不少人已经是中层负责人了。会场更后面，还有一大批如琪完全不认识的年轻面孔，他们基本都是如琪离开市法院后进来的法学院毕业生，青春洋溢，目光清朗，如琪读得懂他们的锐气和骄傲。

省委组织部领导宣读了对如琪的任命。

和暖的阳光从会场那又高又宽有弧顶的窗户照进来，如琪看着台下一双双明亮亮的眼睛，似乎还看到了并不在座的老院长、老庭长。他们终其一生要做的就是维护司法公正。现在，新一代的法律人接续了他们的理想事业，代代传承，成为永远和永恒。如琪感受到了内心的澎湃激情。

第十章 新的团队

一

郑伟杰如今已是市法院常务副院长。这是他以各种方式为之奋斗才得到的，他很喜欢现在的自己。如琪回到市法院做了自己的顶头上司，这是郑伟杰虽有预料却不那么喜欢的。与如琪打交道多年郑伟杰知道，这个女人在工作上不讲情面，也不喜欢被人忽悠，但他不喜欢太较真的领导。

郑伟杰对如琪的了解一点不错。这天一上班，办公室的女孩就送来了如琪请他阅处的一封群众来信。法院院长接到的群众来信总是很多，如果每天都过问这些来信反映的事，办得完吗？以往郑伟杰自己收到的来信都是安排人拆看后，交给工作部门具体办理，他觉得不需要、也没时间亲自处理。眼前这封来信的白皮信封泛着黄渍，已被揉得皱皱巴巴。这样的信封已经断卖好久了，是从市里一个边远的乡镇寄来的。郑伟杰心里陡然升起一股邪火，不用看信他就敢肯定，无非就是反映土地宅基、打架斗殴之类的纠纷。法院天天都有这样的来信，上来就管针头线脑，这算什么领导水平？

郑伟杰很不耐烦地打开了信封。他的估计没错，就一页纸的来信，反映一个基层法院的执行问题。案件当事人双方为争田水引发打架，伤人方被判赔三千块钱医药费，但拿不出钱赔偿，法院执行时把他家的耕牛卖了给伤者赔了医疗费。

郑伟杰是分管执行工作的领导。以郑伟杰的考虑，他觉得管执行最保险，虽然会有执行难问题，但执行的依据是判决书，如果有问题那也是判决的问题。现在的案件越来越复杂，说实话他觉得自己没有足够实力与那些法学院研究生毕业的年轻人一起共同探讨法理，与其勉为其难，不如做分管执行工作的院领导。

信封里还有一张报纸，郑伟杰根本不想打开看。几千块钱的执行问题，有什么好炒作的，这样的噱头见多了，哪家报纸不是把标题搞得很吓人呢？如琪这个院长实在有些小题大做。

郑伟杰想起前几天陪同如琪到院里联系的扶贫帮扶对口村时，县里领导提前在县城路边等候，她竟拒绝了县里安排的午餐，也拒绝了县领导陪同。郑伟杰与县领导们很熟，每次到乡里都会到县政府的小食堂跟县领导吃个饭热闹一下，他觉得这也是工作需要。如琪这样一来，显然让他以后再也不便去那个小食堂了。如琪感觉到了郑伟杰的尴尬，因为前面的联系安排都是他在做，于是当面给县领导作了解释，说当天还要赶回时间太紧。但辞别县领导后如琪转身就对郑伟杰说，我们是来扶贫的，不要给下面增加负担。县里领导都很忙，这样会影响县里的正常工作，你很熟悉这里，有你在就可以了。郑伟杰觉得如琪有些做作，你汪如琪是市里新来的领导，人家县里的领导也想与你认识一下，一起吃个饭加深点印象，至于这样吗。

那天，如琪带的人不多，郑伟杰跟着走得很辛苦，一路上都要搭把手提着送给贫困户的东西。离开最后一家时，那位大爷弯着腰,几乎是用双手捧着他们每个人的手在摇,真诚地表示着他的感谢。大爷手上的厚茧阻断了体温,双手粗糙冰凉。一瞬间,郑伟杰回想起了自己早年在工厂铸造车间当工人的时候,手上也有这样厚厚的茧。现在,茧子早已不见了。这些年来,自己握过的多数都是厚软的手,有的伸出来时冷冷的、直直的,似乎伸手与你相握都是恩赐,你在屈指去握时立马感受到对方内心的冰冷。还有的更让他愤懑,对方的手在与你相握后马上有力地把手导向出口方向,强烈地表达了"慢走不送"的意思,仿佛担心自己会将他的手紧握不放,郑伟杰觉得这简直就是被不动声色地羞辱了一回。想到这儿,他突然无限感慨。

从扶贫点回到院机关的第二天,如琪召集院领导开会,讨论在乡村建设中怎样发挥好法院的作用。郑伟杰想,不就是到乡镇走了一趟,看了几家贫困户,这就忙着把法院工作给关联上了,真是小题大做。于是,他有些不满地说:"我们法院工作有被动性,不告不理,告了依法判决。法律都在那里,也不好说有多少主动性。"

应声搭话的是从农村出来的小刘副院长。他不同意郑伟杰的看法:"这些年法院作用在不断提升,法院在法律框架内积极作为是有空间的。现在国家经济发展最重要的路径是搞活了市场经济,农村的发展也要搞活农村的市场经济。我们法院的审判工作必须重视保护好农产品的交易活动,特别在农产品交易市场还不够成熟活跃的情况下,不要动不动就认为合同无效。涉农交易还是比较粗放的,过于严格就会搞得没有发展生机,所以要明确办案的指导思想,防止就案办案。"

小刘副院长的发言让郑伟杰听了顿感自己的政治站位显得不够高,好在他还是熟悉情况的,据他观察,现在国家对农村的惠民政策很多,但年轻人都向往到大城市生活,农村只有老人和小孩,有的出去打工几年不回家看望父母,老人全靠政府保生活保治病,出去打工的并不是一点赡养老人的能力都没有,但他们把政府的帮扶作为理所当然,这样就形成了一些不好的社会风气。想到这里他提出,要重视农村赡养案件的审理,要通过典型案件的审理,宣传子女依法履行赡养老人的法定义务。

当天,如琪对小刘副院长和郑伟杰后面的发言都给予了肯定。回想到这里,郑伟杰觉得也许这个案件如琪又是这种以小见大的思路,又想从中找出什么在纠纷解决中维护乡村和谐稳定的执法指导思想吧。

执行耕牛的原因很简单,被执行人家里没钱,只有这头牛可以卖钱。伤者家也很贫困,就等着这笔赔偿款给付医药费。郑伟杰认为这个案件的执行没有问题,想着不如趁此机会让如琪了解一下这几年自己抓执行工作的成绩。他把手下一位写简报的人找来做了安排,报告很快呈送到了如琪的桌上。前三页写了这几年执行工作的压力和取得的成绩,第四页用了大半页篇幅报告了执行耕牛的原因,最后很谦恭地写上了请院长指示。

看完报告如琪立即打电话让郑伟杰过来。

看着郑伟杰堆出来的笑脸,如琪读得出他心里的不屑。她知道在郑伟杰看来,一位领导讲话做指示就行了,不需要亲力亲为。但此刻她不想与郑伟杰讨论领导方式方法问题,还是讲事吧。

第十章 新的团队

"院里已经为我提供了五年来全市法院的工作情况汇报材料，执行工作的基本情况我已经了解。"如琪这段话回应了郑伟杰前三页写的成绩汇报。她知道郑伟杰爱耍小聪明，总喜欢抓住机会表现自己，她不想给他这个机会，直截了当地做了切割。

"具体到这个案件，耕牛是农民的生产资料，不应该被执行拍卖，这有明文规定。报纸报道这位农民因为不让拖走耕牛，与执行人员发生争执，被当场司法羁留。他的妻子害怕，在他被拘留后当天就带着孩子跑了，至今下落不明。这些郑院长认为是问题吗？"

郑伟杰的业务虽然不精，但悟性很好，立马意识到了问题的严重性。他想起了那张没有打开的报纸，一定是那张报纸上有被执行人的老婆孩子离家出走的消息，工作中没有按政策办已经有责任了，如果他的老婆孩子出走后发生意外，那事情就难以收拾。这事虽然发生在基层法院，但如果真的出现被执行人的老婆孩子有不测的后果，那从哪里说起都和自己这个分管执行工作的副院长有干系。

"院长，我明白了，我立刻去处理。"

"这件案子虽然小，但反映出简单办案的问题很典型。不熟悉政策，也没有发挥执行救助机制的作用，你要通过这个典型案件好好分析研究一下，提高工作水平。"

郑伟杰老老实实地在点头，至少现在他是服气的。这件案件执行有错误，自己这个分管领导完全没看出来。

"院长，我有责任。"

"现在要抓紧解决问题,至于责任,把下一步工作都做好了再研究。"

听见如琪这么说,郑伟杰稍微松了一口气。

三

下午,如琪要到市里开会,车刚驶到市法院侧门,就被一个精瘦的男人带着两个孩子站在路中间拦停了,一位工作人员正在做劝说工作。看得出他很着急,正在比画着要来访人站到一旁让开道路。但上访人从两个孩子身后又转到了另外一边。如琪认识这位工作人员,他是当年在模拟法庭当过模拟被告的书记员小常。

如琪看见这两个正该去学校读书的孩子被裹带来上访,感到特别不能容忍,立即下了车。

上访人已经对上号了,知道从车上下来的如琪是院长。他事先已搞清了新来院长的大致情况、车牌甚至行车路线。他把两个孩子一拽,三个人同时跪在了如琪面前。围观的人迅速增多。上访人就是想引起围观,造成影响,给院长施加压力。这时候要让他们起来很难,如琪没有说话,转身向机关大院里边走去。她知道既然上访人要找院长,那就一定会跟过来的。现在要赶去开会,就只有先这样了。

见如琪在往院子里走,上访人只好悻悻地带着两个孩子跟在后面进了接待室。毕竟好不容易堵到一次院长，这个机会不能放过。尽管这位女院长一脸严肃，对他没有温和的态度，不过他不会害怕。他知道，机关越大领导越大，就越不会把自己怎样，何况还有两个孩子跟着自己。

如琪开会去了，小常留在接待室里接待上访人。

第二天，小常来到如琪的办公室，满脸无奈。

小常已经过了而立之年，却还是助理审判员，只能审理一些简单的案件。这些年他一直在做审查处理申诉、来信来访的工作，打交道最多的就是社会上那些最普通甚至最执拗的人。他谙熟他们的心思，在一些上访的当事人心里，他们自己才是法官，他们自己的公平观才是价值判断的标准。当他们认为自己的诉求没有得到实现时，就会对办案法官甚至法院产生不信任，即使是很小的案件，有的当事人都会一直申诉到最高法院，许多申诉请求也会从最初的期待改判变成了要求解决家庭困难问题的一并打包，这件案件就是如此。面对当事人的各种不满，小常被磨得疲惫烦心。他常常对别人以为坐堂办案的法官形象报以苦笑，现实中的自己哪里是电影里那种高冷、权威、一槌定案的酷帅形象呀！

小常已经是接待办理这个案件的第三位法官了，前面第一位办案人因为被这位上访人举报自己要求回避；第二位是个女法官，她实在受不了他的纠缠，坚决要求庭长换人审理，小常就被换了上来。小常向如琪汇报，上访人的申诉没有道理，也没有提出新证据，准备按规定驳回申诉。

如琪对小常那次作为模拟法庭被告人的印象很深，那时的他刚刚大学毕业，意气风发，法律功底扎实，口才了得，是那次模拟审判出彩的重要角色。但小常他们这些在学校成长起来的孩子，更趋于按标准答案办事办案，面对这种不同意标准答案的上访人会感到手足无措，这也让他们很有挫败感。如琪知道这不是简单的对与错的问题，这些年国家各方面发展太快，不仅是经济层面，包括法治建设方面国家也有巨大投入，年轻的法律人一批又一批成长起来，走进司法部门，但是他们需要处理和打交道的却往往都是父辈们的事情。他们的父辈许多只有最质朴甚至最简单的思维：能维护自己利益的就是好法官、好法院，否则就是不公正的。所以，年轻法官必须要学会保持冷静和理性，既不要轻易接受感谢，因为也许你并没有当事人赞美的那么好，也不要轻易地泄气，因为你是在依法办案。如琪深信，再有一些时间，法治化的思维和法治化的秩序必然成为社会的共识。但在这个进程中，有观念上的落差很正常，法官必须要想办法让人们理解并接受法律的规则和治理。

于是她对小常说："申诉人要求再审，你就开一个申请再审的听证会，邀请当地人大代表、街道干部和他的街坊邻里都来旁听，也给他一次机会。"

小常心里想，这位上访人本来就是个喜欢表演的人，没人的时候他都要在大街上带着孩子对着法院喊冤，再开一次听证会，他不是更要闹？再说开听证会要有新的证据，他并没有提出新证据。不过小常是很佩服院长的，他知道院长不是不清楚这些，那就试试吧。

开听证会当天，如琪在法庭旁听席里找了个最边的位置坐下。她不想让小常知道她的到来。

旁听席上已经有好些人了，上访人的眼睛在不断扫看。他发现旁听席上坐着的有街道干部甚至他的邻居，感到很不舒服。他讨厌这些熟悉的人出现在法庭里，他到过许多大机关，连最高法院都去过，那里的人对他都很客气，会好言好语劝他回当地解决问题，他觉得机关越大自己就越有胆量，在那些地方他说话很带劲。但现在，这是些他成天都见面的人，上辈子自己家就住在这里和他们打堆了，自己与他们有相同的生活环境，也有相同的语言体系，在他们面前来耍横这一套他感到有些别扭。

不过，这些年在各级法院来来去去，他也略有了一些法律知识，所以听证刚开始，他就向主持听证的小常提出了请求："审判长，我的案件涉及商业秘密，不应当公开听证。"听见这样的请求，法律精英小常只好在心里无奈地一笑。

"你的案件是股权转让纠纷，不涉及任何机密，依法可以公开听证，而且今天的公开听证法庭也是提前公告了的。"

"签股权转让合同那天，我被灌了酒，是在不清醒的状态下签的合同。"

小常立刻回应道："是否酒后签订合同不影响原判决对合同效力的认定。对这个问题本庭不进行听证，你还有向法庭提交的新证据吗？"

"我申诉时向法庭提交的都是新证据。"

如琪听小常作过汇报，心里有数，她依然在平静地旁听。小常对他的招数显然也是有预料的："你听一下是不是这些证据？"

书记员念了一通证据名目。

"有没有遗漏？"小常在问。

"没有。"申诉人有些泄气。

"这些证据在原审开庭审理时全部都审查过了，对证据效力在判决书中也做了认定，原审已经根据双方提交的证据做出判决，现在你没有新的证据，不符合启动再审的法律依据。"

"法院要我和对方和解就是新证据。如果没有问题，法院为什么在案件已经下判之后还要组织双方和解？"

他真的很会找茬。

坐在对面的对方当事人要求发言。

"我们公司在最困难的时候你怕担风险坚决要退股，我们也是咬着牙借款才买下了你转让的股权，而且还按银行最高利息作为入股几年的红利付给你。当时因为资金紧张，该给你的钱没有一次付清，但一年后我们全都付给了你，还付了拖欠期间的利息。你看到公司有了起色又想反悔，法院主张我们与你谈一次，对拖欠给付的这段时间多给些补偿，我们也接受法院的建议，想与你坐下来谈，但你反而胡搅蛮缠。你这样的人我们根本不可能再与你合作共事。"

这时，旁听席传出了嗡嗡低语。上访人感觉受到了轻蔑的包围，耍横的心态被狠狠打击了一下。当小常宣布他的申诉不符合法律规定，应予驳回时，他一反往常没有大吵大闹。

听证会平静地结束了,这有些出乎小常的预料,也让他更加佩服院长的高招。

小常看到了如琪。他没有料到院长竟一直在法庭旁听,赶紧向如琪走去。

"院长,我也是有困难的。我老伴瘫痪在床好几年,当时怕那些钱损失了,退出也是不得已。现在我想进去,多少加点钱也行。"上访人在听证会结束后没走,语气诚恳地向如琪提出了请求。

如琪知道,如果他的实际困难没有得到解决,那么带着孩子来法院闹访的情况还有可能出现,他已经不在乎法院与这件事是不是有关,他的逻辑就是既然他不能重新入伙,解决不了他的经济困难问题,法院就有责任。

如琪走到了上访人跟前:"你们的官司打了这么些年,大家早已撕破脸,就算你出更多的钱,人家会让你重新入股吗?再说现在公司经济效益好,股价肯定也不是加一点钱的问题了,法院只能依法办事。你拉着孩子上访就能解决问题吗?而且我要提醒你,你不能把孩子作为筹码,耽误了他们的教育,将来他们会怨恨你的。"如琪了解到,那是他的两个孙子。

"院长能帮我解决老伴生病,我家生活困难的问题吗?"

"我们可以帮助你向有关部门反映。"

"那我保证再不带孩子上访。"

他实际还在拿孩子做筹码。

上访人离开后,如琪让小常给街道反映一下他的实际困难,请他们了解核实后帮助解决。这有助于更彻底地解决这位老上访户的问题。如琪认为，要求小常这样的年轻法官多了解办案之外的民情民生，也是他们在办案中需要补上的一课。

第十一章

喜欢的模样

一

下班时间又过了,如琪还有与程红的见面安排。程红几天前就说想见见她。在哪里见程红,也让如琪想了一阵。程红虽然已经从过去的同事成为现在的朋友,但毕竟他的身份是律师,如琪不想请他进办公室,以免被人猜疑。她让程红在会客室等她,程红已经等了有一阵了。

两人在如琪到了市法院后还未见过面。听见熟悉的脚步声,程红起身到门口迎向如琪。

"好久不见。"如琪微笑着对程红说。

"好久不见。听到那么快的脚步声就知道肯定是您。"

如琪和程红隔着桌子面对面坐下。

程红更加沉稳了。如琪心里在叹息,好可惜,本来可以是个优秀法官的。

如琪一直是程红心目中的姐姐、老师，现在他离开如琪的时间已经比在她身边工作的时间更长，但他知道，自己做人做事一直在向如琪学习。在职业生涯刚开始的时候，能有个导师一样的人给你指点、帮助太重要，这点程红深有体会。

"其实，我今天是来给您提建议的。"程红说。

"真的?! 有些没想到呢!"如琪说。

"您现在做了市法院的领导，我特别希望在您的领导下，市法院有新的面貌。"

如琪的眼睛盯着程红，没有接话。他这样说一定是有所指的，她在等他继续。

"您要特别注意法官与律师的交往，这里边也许会发生一些问题。现在有的律师在与法官的交往中，请吃请喝，要防备发生不廉洁的事情。"

程红很清楚，如果是别人做院长，他绝不会主动找上门去说些什么。但如琪是他的姐姐、老师，他必须提醒她，这是他帮助如琪的方式。因为业界如今无论是当事人还是律师，总有人喜欢把功夫使在法庭之外，有的律师甚至公然以与法院法官的关系密切作为招徕案源的"广告"。作为职业律师，他很清楚这其中的微妙，所以希望如琪有所警惕。

程红真不希望有人把风气搞得不正。当年他刚从法院出来做律师时，与在法院工作的感受完全不同，落差很大，甚至一度很失落。那时他感觉无论自己在法庭上说了什么或写了多少辩护词，作用都不大，每次拿到自己代理案件的判决书时，他发现自己提

第十一章 喜欢的模样

出的辩护意见经常被简单化、格式化地驳回，太郁闷。但现在情况不同了，法庭越来越重视律师的意见，而且无论采纳或不采纳律师的意见，都会在判决书里具体明确地说明，体现了法院是一个讲理讲法的地方。他觉得这些都是渐变中的法治进步、司法的昌明，内心深处真是很感欣慰。他厌恶那些把功夫使在法庭外的人。

如琪知道程红绝不会空穴来风。这一段时间她也在思考，怎样才能让每一位法官都树立目标明确的职业追求，都能把公正廉洁的司法理念熔铸在灵魂中。当下，市场经济活跃，各种物质和生活方式都在以最诱人的方式做着广告。年轻的法官们既聪明又有本事，如果没有理想信念，还真的很难时时抵挡得住各种诱惑。

看见如琪凝重的神情，程红知道自己的话起了作用，他应该告辞了。程红站起身来，但又突然想到还有一件事应该告诉如琪，于是说："慕青在省医院住院。"

如琪很吃惊，连声问："他不是在广东吗，怎么会在省医院住院？"

"他来参加省里一所贫困山区学校的捐赠仪式，去学校的路上摔伤了，有些重。"程红说。

如琪立刻要程红陪同一起去省医院看望慕青。

已经是晚上了，可进入省医院的车依然很多。如琪的车只能随着车流在缓行。她不时张望路况，车流实在太慢了。张望一阵后，她干脆对程红说："这就快到了，我们下车走过去吧，这样还快些。"

没等程红回应，如琪已经打开车门下了车，程红赶紧追了上去。

省医院住院部很安静，走廊上静悄悄的。如琪突然意识到自己太着急和慌乱了，有些不像自己。此刻的安静猛然提醒她，自己是来看望住院的病人的，仅此而已。意识到这点，她急促的脚步一下子慢了下来，转而微笑着对程红说："你带路，我跟着你。"

程红到了病房前，轻轻敲响了门。有脚步声过来了。

开门的是一位娴静的女子，长发在脑后挽了个很大的发髻。显然她和程红很熟，立刻温和地微笑着说："来了。"

程红忙介绍："这是汪院长。"又对如琪介绍说："这是慕总的爱人静姐。"

"看出来了。"如琪微笑着说。

房间里放了许多鲜花插制的花篮和水果，弥漫着浓浓的花果香气。慕青躺在床上，头上有绑带，一只脚打着石膏。如琪的眼光急切地看向慕青，两人的目光仿佛在空中相遇，相互凝视。一刹那，如琪觉得有了一种交流，她洞悉了慕青内心的惊喜，但彼此的声音还是在不失礼节地问候着。

"嗳，惊动领导了。"慕青说。

"慕总亲自来我们贫困地区扶贫，真的很感动。"如琪也笑着说。

如琪和程红都各自找地方坐下。

如琪端详着慕青，觉得那面容也有了岁月的沧桑。

"听说你是在给山区小学送捐款的路上摔伤的，是要去哪里

第十一章 喜欢的模样

呢?"她问慕青。

静姐在旁边接话说:"那里的山太大了,车都上不去,叫什么'高寨',当地人说那里一年有两季会结冰。"

"高寨?"如琪觉得熟悉。想起来了!自己曾在那里扶贫,是很早的事了。那时慕青还在检察院。当年从高寨回来后,自己曾给慕青讲过那里的情况。当时如琪忧虑地对慕青说过,高寨的生活就是在石头窝里找土,每年播下的种子都要等待老天降雨才能发芽生长。贫瘠的地貌难以改造,只有教育才能让那里的下一代走出去,选择新的生活。如琪当时还资助了那里的两个孩子读书,但后来他们读完初中就不肯继续读了。记得多年后慕青还问起过这俩孩子的情况,两人一起为那些孩子感叹半天。

如琪想,一定是那个高寨。说来也很内疚,自己倒是从那以后再没有去过。

静姐还在有些埋怨地说:"咱们是送钱去的,找到当地政府把钱交给人家不就行了?还非要亲自去看看,说是自己的一个心愿。我也没办法陪着上去,我不适应高海拔。幸亏没去,不然帮不了他,可能连我自己也会早一步摔下去。"

静姐很善良,话里满是心疼。如琪觉得面由心生一点不错,静姐人长得就是那种非常温柔非常善良的模样。谈不上很漂亮,但五官秀气,皮肤白皙,说话慢慢的,与小薇是完全不同的类型。如琪在心里笑自己,都过去多少年了,还在拿小薇做比较。如琪没有说那也是她熟悉的高寨,转头问慕青:"感觉好些没有?"

慕青在心里感叹,好个冰雪聪慧的女子。他相信如琪一定回想起了当年他们对高寨的牵挂。其实下海以后，他心里一直有这样的计划，一旦自己有能力，就要去做几件事。帮助高寨的孩子们是他要做的事情之一。这是他的心愿，他觉得肯定也是如琪的心愿，他要为如琪实现了。只有在这件事情上他可以帮如琪，并且也是如琪不能推却的，为此他还像个孩子似的偷着乐。本来他想事情做完再告诉如琪，当时自己也没有带人上去，只是叫了个当地干部带路。他本想一个人去体会下如琪当年的感受，顺便也独自享受一下帮助那里孩子的快乐。至于内心深处还有没有一些当年喜欢如琪的追忆呢？他也说不清。总之，他就想独自去大山里徜徉一番。那天他是那么开心，大山上难得一见的阳光把一切都照得明亮亮的，他甚至能看清住在最高处人家的房子。就在这个时候，一个没注意，脚下踩到了一处松散地，结果就滚滑了下去。幸亏那里有一处坪地，不然真是很危险。

慕青三言两语在说的时候，如琪听得心里紧紧的，她知道那个地段，要是没有坪地缓冲一直滑下去，后果不堪设想。她突然觉得这些年虽然与慕青没什么联系，但他永远是自己的朋友。因为两人太像，都有一种倔强的顽强，一见面就知道还是你熟悉喜欢的那个灵魂。要是真的滑到了山谷底下呢？如琪心里升起了一种不能失去慕青的后怕，她无法再保持调侃的腔调，真诚地说："你这样太危险了，一定要保护好自己。"

大家又说了一阵话，如琪和程红起身告辞。站不起来的慕青看着静姐送他们出去。如琪的背影还是那么挺拔，亭亭玉立，一如当年。慕青知道如琪内心强大，所以始终那么生气勃勃，充满能量。他也多少有些知道洪阳，觉得两人的内在气质并不那么像，如琪要做的事，未必是洪阳喜欢的，如琪真的就像个不谙世事的小姑娘，那种奋力向前的样子，让你感动。

二

这天，如琪主持开会，研究一批以市中院名义表彰的人员。

研究的名单里有小常，主要事迹就是那件上访的老案。小常开完听证会后很快与街道联系反映了上访人家里的困难，街道也很快落实解决了他家的困难救济问题，后来上访人主动找到小常请求撤回申诉。这件纠缠多年的老案总算画上了句号，小常的庭长很满意，给小常往院里报了嘉奖。

郑伟杰在名单中把小常挑了出来："就因为办了一件案子就要嘉奖，这样的老案很多，也不是什么有影响的案件，是不是在他们庭上表扬一下就可以了。"小常早年在如琪庭上当过一段书记员，郑伟杰觉得这是如琪要为提拔自己的人在做安排。但郑伟杰开口后没有人接话。这件申诉案太有名了，全院都知道他带着孩子到处上访的事，可不是说几句话就能让他撤诉的。

如琪正想好好讨论一下："这件案件申诉了多年，换了多人办理，虽然现在申诉人自己主动撤诉，但这些年为他这件案子从上到下耗用了不少司法资源，而且他近乎不择手段的上访方式也给社会上不明就里的人带来不少误解，对司法形象产生了负面影响。不是任何人都信任或崇尚法律的。我们常常很难以一件案件来改变一个人的价值观，但我们又要使判决得到尊重和执行，在这种情况下我们就必须要做更多的工作，有时是法庭之外的工作。有的小案件也要付出大力气。这样艰辛的付出是为了要维护好公平公正的裁判，维护好法律秩序。简单化地就案办案是不行的，我们有这样的教训。大家可以好好议一下。"

郑伟杰的脸阴沉着，他认为如琪这是在暗指那件执行申诉案。当然也幸亏如琪及时批转，后来法院去人找到申诉人家时，家里空无一人，村里人说他是带着刀出门的，扬言要是找不到老婆孩子就杀人。县法院赶紧联系了当地有关机关，经过努力总算把全家人都找到了，还解决了他家没有耕牛的问题。经过这件事，郑伟杰把执行救助的规定又组织大家认真学习了一下，要说对这类情况确实是可以由法院给予执行救助的。后来，郑伟杰向如琪交了书面检查，这在郑伟杰来说还是几十年来的头一回，不过他也服气，只是不希望总被人提起。

如琪继续说："现在有的评先评优搞轮流，今年是你，明年是他，这种风气，委屈了我们一批想干事的有为法官，他们没有脱颖而出的平台，在这种氛围下，就是一个有责任感的好法官，我们又期望他能坚持多久呢？我们应当对法官业绩进行客观公正的评价，让工作业绩优秀的法官脱颖而出，而且要形成一种激励机制，尽快把他们提拔起来。"

听了如琪的讲话，在座的领导们相互开始交头接耳低声讨论。

第十一章 喜欢的模样

经过一阵议论，大家静了下来，看向如琪。

"当前，社会发展对法院办案工作的需求不断提升，法院的办案部门已经由几个发展到一二十个，但管理模式还没有大的变化，许多事情还在凭借自身的惯性运转，时快时慢，而案件量一直在呈上升态势，作为领导我们必须思考怎样快速适应发展的要求。可以改进提高工作质效的路径有多条，但首先要解决好提升自身工作质效的问题。我们要把工作业绩考核作为一个支点，撬动全院工作的轮盘加速运转，所有在这个轮盘上的人都要被带动。"

如琪的这番话说得很坚定。因为作为领导她知道，机构绝不可能越来越多，法官人数也有限额，但案件量的增长是不问这些的，当前首先必须解决把法官的作用发挥好、提高办案质效的问题，这是最基本的。如琪环视了大家一圈后说，可以先研究一个方案试行。

此刻，郑伟杰的脸色恢复了平静，只要如琪的讲话没有针对那件执行错案，他就放心了。郑伟杰带头表态同意如琪的意见，其他人也都表示了赞同。见有这样的效果，如琪也很欣慰。散会后，郑伟杰紧跟着如琪走出会议室，他用很理解的口气对如琪说："院长抓科学管理真是抓住了要害，这些年我们很缺乏在管理上下功夫，如果不做改变，年复一年地就这么维持，那肯定是不行的。"

三

　　如琪将慕青为捐建希望小学摔伤的事告诉了洪阳，洪阳也觉得慕青不错，有社会责任感。听说慕青要出院回广东了，这天下午如琪抽空和洪阳一起到医院再次看望他。

　　慕青头上的绷带已经去掉了，但脚上的石膏还在，正拄着拐在走廊上试探着走步，静姐陪在一旁。天气很热，慕青身上的衣服都被汗湿透了。看见如琪和洪阳，他很高兴，引着他们往病房里边走。他的肌肉力量很好，一只脚不能落地，拄着拐杖却也走得蛮快。

　　慕青觉得洪阳有了不少变化，身上多了些精明气。其实他还是更喜欢书生气十足的洪阳，似乎单纯的如琪身边就应该是那样的男人。

　　因为如琪的原因，洪阳和慕青也都了解彼此一些情况。洪阳知道如琪对慕青一直很关心，他也明白，慕青是如琪喜欢的那一类人。商海沉浮这么些年，慕青看起来依然强悍、刚毅。以自己这些年的商业经验，洪阳看得出慕青是那种喜欢大手笔的人，为此他后来曾对如琪开玩笑地说，慕青身上没有勤劳勇敢的素质，他就是商海中的一个野心家、冒险家。如琪觉得洪阳的话也很有几分符合。

第十一章 喜欢的模样

两个在商海博弈的男人很自然地聊了起来，没想到相谈甚欢。慕青现在是一家投资公司的老总，眼光敏锐，俩人正在认真讨论洪阳的新公司。这是一家搞公路建设的公司，信誉不错，已经建成了两条省内高速公路，正在建第三条，而且很有实力，即将向其他领域扩张。慕青觉得这是一家成长性很好的公司，但业务面扩展有点急了，会有风险，影响资金链。他给洪阳提出一些建议，洪阳觉得很中肯。两人焕发出各自的风貌，都那么意气风发，如琪看着很高兴。她没有插嘴，这是他们的领域，自己只是欣赏地坐在一旁静静地听。

洪阳的电话响了，他走到一旁接听后对如琪和慕青说："公司老总有急事找，我先过去，你们再聊会儿。"说完匆忙向慕青摆摆手走了。静姐连忙跟上去送洪阳。

屋子里，如琪和慕青沉默了一会儿，如琪先开口说："你专门到高寨捐赠希望小学，我很感动。"

"这一直是我的心愿，现在有条件了，就要去做。"

慕青问起市法院的情况："现在变化应该很大吧？"

"我正努力使它有新面貌。"如琪讲了她去以后的感受和正在做的事情，慕青听得很认真。听完有些担心地说："我觉得你在市法院的工作并不容易，如今的情况似乎比我当初知道的还复杂艰难。"

"为什么？"

"那时在法院工作的人大多比较单纯，对单位的依赖性很强，外部环境也相对简单，案件又不算太多，好管理一些。你看现在，上一批的人还在，而且许多做领导的都是这个年纪的人，但是从法律院校毕业后考试进来的年轻人越来越多，他们有许多想法。你对这两类人都有了解，这是你的优势，但你又有些人家怕什么你来什么的劲头。你要大家多出力干活，那些早年进来的、习惯了慢节奏的人不舒服；你要求加强管理，这让年轻气盛的人也不那么舒服。我知道，你是对的，但作为领导，你并没有那么多可用的资源来推动落实你的想法，所以内部改革的过程肯定会很艰难，你要有所准备。"

如琪虽然做了领导，但慕青觉得她似乎还是那个当年在一起共同维护正义的年轻女法官。他关切地望向她，头发还是那样柔软细韧，像她本人骨子里的柔韧一样。这也令他想起了当年两人一起从火车站送人后，并肩走出来的那个傍晚，当时如琪的头发被风吹起，他很有一种想去帮她轻轻拢好的冲动。他一直希望如琪能够按照自己的意愿做个她喜欢的法官，说实话那也是他欣赏的模样，独立、智慧、理性、平和，可做领导却又不一样了，这是一个男人才喜欢的岗位，因为它可以体现一个男人的各种能力，但对女人未必合适。

慕青说得都对，如琪感受到了他的担心。她当然清楚，又快又好地推动内部改革，谈何容易。她抬眼望向慕青那张线条硬朗的脸，时间已经在那里留下了印记，如琪觉得与慕青虽不常见，但感觉一直在相互砥砺，始终有着不负时代，不负韶华的激情。如琪很想和他多聊聊。

送洪阳的静姐回来了，身边还跟着程红。程红也是因为慕青

第十一章 喜欢的模样

要走特地赶过来的。

如琪对慕青说:"你这次虽然因为受伤在此停留了些时日,却真让我们高兴。这样说好像不对,但假如不是这样,你哪里可能在这里待这么久呢。"玩笑中有许多不舍。

慕青只能在心里说:"没有你在这里,我怎么会回来。"

慕青站了起来,拄着拐杖把他们送到门口,自嘲地说:"摔了一下才知道自己并不坚强。"

告别时,慕青重重地握了握如琪的手,然后一直站在门口,看着静姐送他们离去。

第十二章

掬水见心

一

　　小刘副院长按照如琪的要求，把一套考核制度搞起来了，全院已经开始按新要求运行，但一时还看不出明显效果。
　　如琪对小刘副院长说："必须把大家推动起来，要开个全院大会，把要求和目标再次向大家讲清楚。"
　　全院大会按照如琪的要求召开了。
　　会前，如琪在考虑给大家讲什么呢？慕青的提醒在她耳旁再次响起："内部改革很艰难，作为领导，你并没有很多资源来帮助自己推动落实改革要求，你要有思想准备。"是呀，我要求大家努力工作，大家对努力工作之后是有期许的，我能给大家什么呢？她想以自己内心的想法与大家真诚交流，想让大家听一听自己作为他们的领导和同事的真实感受：
　　"法官要有信念，这决定了你的与众不同。你愿意为了公平正义做出奉献，其中包括了你的才华和经年累月的时间，而你得到的回报只有一样，那就是在每一件案件中实现公平正义。这是一个法官矢志不渝的追求。作为领导，我们一定要给愿意为此作出奉献的法官以应有的评价和适合他的最好的工作平台。"

会场很安静。台下的眼睛都在聚精会神地看着如琪，回味着她讲的每一句话。她是这里的院长，他们选择信任她，她也必须说到做到。

郑伟杰眼睛半睁半闭地坐在第一排。从他身后望去，也有个别把脑袋耷拉下来的人，或许在睡觉，或许不想听。但如琪结束讲话时，会场响起了掌声。尽管她的每一次全院会议讲话都会有掌声，但这一次，如琪听出了不同，好大一部分掌声很用劲，响亮而热烈。

二

新的考核制度已经实行了两年。到年底了，院里退休了好几位老同志，这也意味着有了法官的空缺。这是全院最有热度的话题，各种小道消息开始传来传去，哪些人可能入围、哪些人最有把握、何时启动……特别是在中午吃饭的食堂，相互间更是议论纷纷。小常成了焦点人物，因为虽然论资排辈还轮不到他，但这两年里他单独和参加办理的几件案件都很有影响，又得到了表彰，

第十二章 掬水见心

所以猜测小常有没有机会更成了热门话题。

这段时间，到郑伟杰办公室来的人也多了起来，多数是与他一起共事多年的人。郑伟杰当然知道他们的想法，不就是因为干不了大事又不甘居于人下而有求于他吗？不然他们干吗愿意成天和他在一起吃喝呢？他太懂他们了。他们习惯了散漫惬意的节奏，不愿意作改变，但社会变化太快太迅猛，有产有业的人一下子从各处冒了出来，不知不觉间都成了各种各样的公司老总，到法院打官司的日益增多。在财富面前，每一位打官司当事人的智慧都被极大地激发出来，每一件案件都不会简单，没有专业法律知识的法官是审理不好这样的案件的。但这几位同仁不跟趟，他们只等着熬资历，然后凭资历得到提升。郑伟杰比他们聪明，在努力适应时代。他坚持学完了法学函授大学课程，虽谈不上专业精通，但法院也需要懂审判、会管理的人才，他两方面都涉及，算得上综合型人才，可谓扬长避短，因此也就比这些人高出了一截。他其实不那么瞧得起这些不努力上进的人，但由于有相同的经历，所以在感情上还是懂他们的，而且他说话对这批人特别管用，自己的提升也有他们的支持。不管如琪怎么考虑，他打定主意还是要帮他们。

这天上午，如琪主持召开会议研究法官选任和提拔方案。方案事先已经提交给每一位院领导，核心就是同等条件下业绩突出的法官应该优先得到任用提拔。大家都很清楚，方案是一个好方案，但按这方案，有几个资历够了但工作业绩一般的人恐怕就得不到提拔。如果按以往论资排辈的做法，这次本该轮到他们了。

会议室很安静，大家都在心里掂量着、分析着自己管理部门的情况。

郑伟杰先说话了："很多问题是历史形成的，这个方案拦住了按过去政策可以得到提拔的人，不能让这些人为历史买单。"

听了郑伟杰的话有领导在微微点头。

如琪态度很坚决，改变是必须的。当下，越来越多的民商事案件起诉到法院，而且新类型案件越来越多，凭经验办案肯定不行了。一批经过严格的法学教育和司法考试挑选出来的年轻法律人，正好赶上了发挥才学的大好时代，如果论资排辈就轮不着他们。

如琪说："法院要向社会提供高质量、高水平的司法产品。我们一定要把法官岗位留给最热爱最适合干好这个事业的人，无论是谁，只要他在这个岗位干出了成绩，就要给他机会。对一直以来不适应这个职业要求的人，可以调整到更适合他的其他工作岗位，将就少数人的情绪就是没有是非。"

最后，在不同程度的惴惴不安之中，大家还是表态通过了新方案。很快，一批业绩突出的年轻人在这次得到了选任提拔，小常是其中最年轻的，实干的风气在悄然形成。

就在如琪为大家接受了新变化感到高兴时，院里有人给如琪打电话说要汇报思想。如琪知道，按说管他的领导还有好几层，看来这是问理来了。

这是一个五十多岁的男人。见面后他倒也开门见山，带着质问的口气问如琪："我这次为什么不能得到提拔？我在这个级别上已经待了五年，按原来的政策，应该得到提拔，为什么政策在我符合条件时就变了？"

如琪不打算与他就事论事，问他："这次按实绩提拔的政策你认为有什么问题？提拔起来的同志工作是不是干得好？有没有不符合条件的？你发现有人拉票吗？"

听如琪问到拉票他更窝火，过去搞推荐投票的时候，很多人都给他打过电话，自己也给打电话的人投了票，谁管他优不优秀呢，反正以后也会求到他们，他们欠自己的人情到时候也会还。但这次轮到他收获人情的时候，竟然没了打电话拉票的机会，开会当即推荐，名单上还有每个人的评功授奖情况，这不是明摆着为这些人做推荐引导吗？前些年自己还有机会评上优秀，现在连着两年考核成绩落后也没评上。

他大声说："我过去也是当过优秀的，现在连优秀评选我也没机会了。"

如琪诚恳地对他说："机会肯定是有的，希望你能在下次考核时有个好的工作绩效，为自己打好基础。我们是法院，是讲公平公正的地方，如果我们对法官不讲公平公正，法官也不会对当事人讲公平公正。你要相信我们无论对内对外都是要讲公平公正的。"

郑伟杰的办公室跟如琪的办公室只隔两间房，这一幕他早就预料到了。听见如琪那边传出了嚷嚷声，郑伟杰立即停下手里的事情侧耳细听，过了一会儿，有脚步声过来，估计是反映情况的人出来了。郑伟杰赶紧起身把自己办公室敞着的房门掩上，这个时候，他可不希望反映问题的人再来向自己诉苦。

很快，有人向省法院反映市中院搞考核，大家很有意见。

三

自从如琪回到市中院后，高副院长一直很关注市中院的情况，每个月的统计报表他都要看。从报表反映的情况看，市中院的案件办理质量、数量都在提升。法院最重要的工作就是办案，把案件办好了，这样的院长才称职，搞花架子是不行的。今年省法院也在研究，准备搞业绩考核，具体交给了高副院长负责，于是他决定去市中院做一次调研。

这天一早，高副院长如约来到市法院，如琪已经在门口等候。一行人步行经过审判区时，高副院长有意放慢了脚步。只见所有审判法庭的门都已经打开，门口的电子显示屏正在滚动显示即将开庭审理的案件名，旁听人员正按照显示指引进入法庭，法警在过道上来回走动，整个审判区秩序井然。

郑伟杰显得有些无奈地向高副院长介绍说："我们每天要开庭的案件太多，审判法庭不够用，我只好把几个办公室改造成审判庭，这才勉强够用。"郑伟杰说的是事实，不过话音里带着自我表扬。

出了审判区，来到市法院内部通道，一侧墙面上挂着十几位

第十二章 掬水见心

身着法袍的法官大照片,照片上的法官自信端庄,不卑不亢,有一种执着和正气,高副院长觉得这是自己欣赏的法官模样。如琪对高副院长说,现在法院人多了,相互不太认识,把这些优秀法官相片挂在这里,既可以增进同事间的了解,也使优秀法官有自豪感、荣誉感,日后对干部的评价提拔也有引导作用。高副院长感受到了如琪的处处用心。

走进会议室,高副院长入座时看见有一册厚厚的装订本放在桌上,他翻看了一下,是市法院的规章制度,从考核到评先评优、干部提拔奖惩都有,制度建设系统配套。

如琪开始汇报工作。她手里拿着汇报稿,不过很快又脱开稿子侃侃而谈。那本放在高副院长面前的规章制度是她带着大家努力的结晶和汇集,至于做了这一切的效果,如琪想应该由其他同志评价,这样更客观些,而自己只需汇报为什么要制定这些制度。

如琪汇报结束后,高副院长问大家:"按制度管理,认真考核,大家接受吗?"

"据我了解,有个别老同志有意见,完不成任务还跑去找院长吵闹,说院长对老同志没感情,不认他们的资历,把他们本来有希望得到提拔的机会搞没了。"郑伟杰觉得他这样作答既回答了高副院长的问话,体现了对领导的尊重,也表明他是实事求是的,传出去也无可厚非,包括那些不愿意受约束的人,也会认为是帮他们讲了话。

接着发言的是小刘副院长。

"高副院长,您来的时候看到了我们的优秀法官光荣榜,我就想说说这个。那上面的好些同志对大家来说，是老面孔新形象，过去因为没有认真考核评优，他们不会被这么鲜亮地凸显出来，他们中的一些人也因此在有提升机会时被错过，这是不公平的。法官是维护公平正义的人，我们也要对他们讲公平公正，这两年我们坚持认真考核评优，就是要凭业绩把这样的人凸显出来，就是要大张旗鼓树立他们的形象来引领风气，现在全院已经有了一种求实奋进的风气，明显提升了工作效率。"

高副院长点点头肯定地说："现在只讲论资排辈肯定不行，在新的要求下，总会有人跟不上，这很正常，但掉队的人我们不能等，时代的要求让我们等不起，这些人要自己赶上来。公正司法，求实奋进是今天法院人的共同追求。一定要形成努力工作的风气，做出我们法院对社会发展应有的贡献。现在国家各方面发展进步很快，对司法的需求前所未有，每个法院的收案数都在破自己的纪录，市场经济把社会推向了法治社会，法院就必须努力适应时代的需求。法院的任务重了，自然意味着每一位法官的工作任务也重了，大家都亲身感受到了这种压力，这同时也是改革的推动力。当然，我们一定要用符合审判规律的现代司法理念进行审判管理的改革，你们市法院已经在全省法院带了个好头。"

如琪懂得，高副院长的肯定是一份厚重的理解和支持。

第十三章

岁月不如歌

一

　　高副院长从市法院调研回去后不久，就把一件在省里有影响的案件指定到市法院办理。

　　这件案件的被告在案发前担任县委副书记，在位时作风霸道，酒桌上给他敬酒的下级不把杯中酒喝干，他就认为是不给他面子，会当面拍桌子发脾气训斥。后来他为了当上县长，就让几个下级给有影响的人送大额购物卡，被人告到了纪委。他认为是被竞争对手整了，所以一直不肯认罪。

　　郑伟杰向如琪提出由他担任这件案子的审判长，他曾是刑事法官，现在又是排在第一位的副院长，要说也是可以考虑的。郑伟杰有自己的小九九，他还想再往上走走。

　　这个案件在省里影响大，主审法官毋庸置疑也将受到关注，如琪知道郑伟杰想抓住机会展示一下自己。她告诉郑伟杰，这件案件从审判到组织协调都需要细致安排，要有一位院领导进行全面组织协调，由他来做组织协调工作更合适。

郑伟杰想想觉得如琪的安排也可以，自己更得心应手，于是没再坚持做审判长。

如琪指定小刘副院长担任审判长。

开庭那天，如琪陪着省法院的高副院长和几位省里的领导在监控室观看庭审视频。领导们也是第一次近距离视频同步观看，都夸市法院的信息化很先进。这是郑伟杰的功劳，为了保证领导们能够同步观看庭审视频，郑伟杰在很短时间就把这一套搞起来了。

现在被告人被带进了法庭。

一进法庭，被告人眼光就看向旁听席。他看见了妻子那张紧张的脸。她是自己在县里读书时的高中同学，结为夫妻后一家人搬到了市里。她很享受生活给她带来的变化，过去在人多的场合总喜欢把自己打扮得很有档次，着装与众不同，颇显品位，自己也喜欢带着她出去，她也算过了几年风风光光的日子。她很钦佩自己的副书记丈夫，这次变故肯定会吓坏她，他不想她出现在这里，而且也对法官说了。但法官说旁听庭审是她的权利，她坚持要来行使这份权利。他的养父也坐在旁听席上，老人一直在农村生活，这些年联系不多。偶尔回去时，养父会把村里一些人请来一块儿喝酒吃饭，在乡人眼里他就是大官了，都对他有些敬畏，见面时憨憨地冲他笑笑，但几杯酒之后就会开始叫他乳名，话也会多起来。养父穿的那身衣服还是好些年以前自己买的，农村人不常到城里，他们不知道城里的规矩讲究，为了不被嫌弃，今天他还把自己送的这套衣服拿出来穿上。衣服一看就是化纤的,久压的折痕还在,刺痛了被告的眼睛。旁听席上还坐着好几位他过去的下属。

审理开始了。被告人有两项罪名:贪污和行贿。

被告人把下级单位邀请他出国替他买的机票拿回到自己单位报销后贪污了。这样的小钱也不放过,这与他平日表现出的领导形象相差太远。

"报账的事是工作人员经办,平时我不会查看自己的工资卡打入的都是什么钱,我完全不知情。"被告面不改色地在为自己辩解。这件事已经过去好多年了,财务很混乱,账本都找不到了。机关自身搞财务清理时就有好多账想查还没有查清楚呢,这他是了解的。

法庭的投影屏上,出现了一张有被告签名的报销凭据。这张凭证是在清理机关小金库时发现的,单位的财会人员附有说明,这笔机票款因为不是本单位的公务出差,在本单位报账不合规定,所以当时就用小金库的钱给报了,报销凭据就留在了小金库的账单里。也是这个原因,早前在查机关财务账簿时没有出现过这张单据。

单据上的签名一看就是自己的,笔锋隐忍,蓄势不张,朴拙大气,肯定不会错。机关里有文凭的人不少,但没有人能写这么好的字,自己当时是大家公认的第一支笔。现在看着自己的签字,被告却感觉像是被烧红的生铁烙下了印记,有一种洗刷不掉的羞耻感。他在心里骂自己缺心眼,说起来也不至于缺这点钱,也不知自己当时怎么想的。不过他还是愤愤地想，当时要不是用自己的关系和影响力办事搭桥，这个下级单位哪里有后来的生路和发展，那得值多少钱？把这事扯出来的人也该算算这笔账。

随后，法庭转入了对行贿犯罪的审理。

公诉人继续在投影屏幕上出示证据，是几份讯问笔录，每一页都有下划线标明重点。

多年当领导的经历练就了被告的阅读能力，不然他怎么能阅看那么多文件。好些当领导的不耐烦看那些洋洋洒洒的文件，视野只锁定自己工作的条线范围，但他不一样，他认为不了解全局就掌握不了全局，更谈不上有大局观，所以只要送他阅看的文件，他都会认真看，他的政策水平常被夸赞，同时阅读水平也水涨船高。现在，当公诉人向法庭宣读这几份询问笔录时，他已经扫视清楚了，是几位昔日下级的交待。他们证实自己要他们帮忙在此次县长的推选中胜出，要他们趁着当时的中秋国庆，给一些关键人士送大额购物卡，而经费则让他们以自己的名义找几位企业老板借。

被告向法庭提出，这几位昔日下级一直在奉迎自己，他们也想得到提拔，他们知道只要帮助自己当上了县长，就一定会得到回报，大家对此心照不宣。他们是主动示好去送购物卡的，不是自己对他们的安排。

公诉人和辩护人围绕被告知不知情的问题展开了激烈辩论。

公诉人在法庭上宣读了几位企业老板的证词，证实因为城市建设的项目，被告帮助他们解决了很多问题，因此与被告人的关系密切起来，后来他表示想借点钱，这些人都答应了。来帮他借钱的是他手下的人，也认识，所以没多问就把钱拿走了。

听着公诉人宣读的证词，这位曾经的副书记心里五味杂陈。他们证实了自己的辛苦努力，那原本是自己没有被更多人看到的政绩。可现在如果认同他们说的符合实际，那就等于证实了自己向他们提出借钱的事，进而印证了那些送出去的购物卡的资金来源，自己这个组织者的作用就坐实了。

小刘审判长已经在发问："你是不是在工作中帮这几家企业解决过困难？"

"帮助过。"

"他们很感谢你吗？"

"应该是感谢的。"

"那么他们说你打过招呼要借点钱是不是事实？"

这一问是关键，法庭里非常安静，都在等待他的回答。

这位曾经的副书记低下了头，没有回答。

小刘副院长又继续追问了一次。

"是事实。"这次，视频会议室的人也都听清了他的回答。

后面审理的节奏很流畅很快，现在公诉人已经在做最后发言。他分析了被告的思想变化，提到被告很小就父母双亡，是当生产队长的养父把他抚养大。政府从小学起就给他助学金，一直到读完大学。公诉人也讲到他工作后的努力，他曾很多年不求回报地努力工作，也因此得到了信任和提拔。但是，当有了一些权力时，各种诱惑奉迎渐渐包围了他。最终，他迷失了自己。

公诉人对自己过往的努力实事求是地肯定是被告人没有想到

的，这也让他回想起早年那些奋斗的岁月。那时自己真的是怀着感恩之心想报答国家，工作很拼命，也得到了认可。但是权力让自己产生了许多错觉，似乎个人的能力与活力也在膨胀，开始有些狂妄，看不起人了。其实自己属于运气好的人，做副书记这几年，基本没什么大的问题发生。县里的民营经济发展很快，经济总量在全省也从靠后变为靠前，但这段时间的快速发展其实有很多机缘，最重要的是时代变化，市场经济给了国家和自己所在的这座城市以极大的活力，政府和企业的财富都在快速增长，政府比过去更有能力了，特别是自己所在的城市，有资源又交通便利，发展自然占了风气之先。个人的努力，只是大时代之下的小作为，自己并没有三头六臂，假如不是这些历史机遇，一己之力怎么可能为地方带来这样快的发展呢。过去自己没想清楚这点，只觉得是自己比别人干得好，更应该得到提拔。如今坐到监狱里，想明白了，后悔了，可也晚了。如果当时自己清醒一些，就不至于有这场牢狱之灾。

最后他向法庭做了认罪陈述。他觉得这是自己真诚的忏悔，也是对所有被他辜负的人的忏悔。

二

审理结束后，高副院长看望了合议庭的全体人员。他很高兴，

第十三章 岁月不如歌

整个审理很成功,让被告人感受到了证据的力量,也因此才会在震慑和悔悟的夹击下认罪服法。看到合议庭成员都很年轻,高副院长感叹地对如琪说:"太好了,我们年轻优秀的法官已经扛起了大梁!"

时间已经很晚,郑伟杰过来请大家吃了工作餐再走。平时一向严肃的高副院长也难得轻松地答应留下来与大家共进工作餐。

郑伟杰在后勤保障方面确实很有些点子,餐桌上端来的都是时令家常菜,但却需要费时间精心制作,又好吃又新鲜,大家称赞有加。

郑伟杰不失时机地介绍着新上桌的每一道菜的配料、做法,简直就是个专业人士。高副院长微笑着说:"你到省法院来吧,改善一下我们那里的伙食。"

郑伟杰立刻更加兴奋了。他觉得这是一个推荐自己的机会,至少可以加深一下印象。早前他觉得自己没有过硬的学历,专业上也不突出,能走上现在的领导岗位就已经得意和满足了。但随着时间推移,他成了市法院最资深的领导,则又萌生新的想法,渴望能有机会再被提拔一下。特别是听说省法院有两三位副院长几年内都要陆续退出,他更加心有所动,觉得是个机会。机会嘛,就是留给有心人的,他了解自己的特长,善于在各种场合与不同的人打交道,场面越大越好,那样自己会更加兴奋出彩。所以听高副院长这么一说,郑伟杰赶紧笑着答道:"没问题,省院可以先借调我过去,我保证大家立马对改善的伙食叫好。"他卖了一下关子又说:"现在市法院对食堂的伙食是有意见的。"

见在座的有些不解，他笑笑继续说："大家都在说吃得太好了，简直停不下来，都在长胖。我在市法院当了好多年领导，又管审判，又管后勤，还有其他的七七八八的事，也算是上得厅堂下得厨房吧？汪院长是大专家，我是杂家，专家处理急难险重，杂家就负责吃喝拉撒。"

郑伟杰很巧妙，在一阵自我调侃中把自己推荐了，而且还显得把如琪高举在前。

高副院长笑微微地说："你们院长不仅是专家，也是大家，大家才会很好地用人，让每个人都发挥好自己的特长。你这个杂家也是专家，杂务方面的专家嘛。"

郑伟杰听了高副院长的表扬，揣摩了一会儿，觉得领导虽然对自己有肯定的意思，但似乎对如琪肯定更多。不过他并不在意，只要高副院长对他留下正面印象就好。

对这位县委副书记的审理录像光盘和情况报告，很快就被送到了主抓反腐败工作的省领导那里。省领导作出了批示：

"案件审理工作做得很好，审理过程同时成为反腐败的法治教育过程，整理后作为警示教育片观看。"批示充分肯定了这次审判工作的效果，省法院的领导们都很高兴。省法院为市法院审理此案的合议庭进行了记功表彰，市法院全院又是好一阵兴奋。那日，审判长的问话怎样精准击垮被告人，高副院长晚餐时怎样夸奖市法院，郑伟杰副院长又上了哪些市法院食堂的名菜，这些话题都让市法院机关食堂的餐桌着实热闹了好一阵子。

第十三章 岁月不如歌

三

如琪感到工作正在上路，正确的用人导向为市法院带来的改变显而易见。正像郑伟杰汇报的那样，审判法庭都不够用了，法官们都在抓紧时间办案，态势不错。但就在这时，母亲又病倒了。

这天晚上，骤然响起的电话铃惊醒了已经入睡的如琪。父亲来电话说母亲心脏病犯了，正送医院抢救。如琪的心被这个消息揪得紧紧的，急忙赶到医院。母亲微闭着眼睛痛苦地躺在病床上，身上有好几根管子连着几台监护仪，还有一根输氧管插在鼻腔里，好在最凶险的时刻已经过去。

如琪真受不了母亲身上被这些仪器线缠绕，监护仪器的指示灯都在闪烁，让人透不过气来的感觉。有好几回，母亲因为实在受不了，竟自己用手去扯那些仪器线。这些年，因为病痛的折磨，母亲那曾经丰满的体态现在变得非常瘦小。如琪觉得无论身体还是脾气，母亲都在变得更像个孩子，但她想要扯开束缚在身上的那些仪器线时，力气却格外大。她一定非常难受，如琪一边想着一边不得不用劲把母亲攥着仪器线的手掰开。

现在母亲进入了浅睡状态。她这样毫无生气地躺在病床上，如琪很心疼。母亲有一张很秀气的脸庞，双眼皮、挺鼻梁、瓜子脸，已经七十多岁了，满口的牙还是白白的。她的头发软而灰白，脸上的皮肤松弛了，有好多细小的纹路。母亲正在老去，但如琪还是不习惯把她像孩子似的对待，因为一直以来，在如琪的印象里，母亲总是充满活力。

第二天，医院告知要为母亲做一次穿刺检查。母亲有些害怕，如琪看着母亲已经被病痛折磨得无比虚弱的身体，也很揪心。她像所有病者亲属一样，无助惊慌地守在母亲身边。

又在医院待了一天后，如琪拖着疲惫的身体回到家里。洪阳做好了饭菜在等着如琪，可如琪觉得太累了，她把自己像袋河沙一样扔进了沙发。

看着她瘫在那里，洪阳心疼地说："明天晚些去吧。"

"上午还有会。"

"那有护工在，明天你下班后就不要去医院了。"

"不行，还是要去的。"

"那你就早点去。"

"肯定早不了。"

如琪简直是在拼自己的身体，洪阳发火了，他大声嚷道："你非要把自己累得死去活来的？"

洪阳觉得这样的日子过得实在太沉闷了，他很不喜欢。他宁愿如琪还像从前那样只做名普通的法官而不是领导。她牺牲了太多的自己，也牺牲了家人的快乐，她早已没有时间也没有精力好好陪陪家人。洪阳已经忍了很久了。

如琪不作声。她确实在对自己作最大的索取，她想做好自己应该做的所有事情，不是为了显示，而是为了责任。大家对领导

第十三章 岁月不如歌

是有要求的，你在领导的岗位上，人们不会关注你的性别。但类似位置长期以来多是男性在做，所以现在你也必须和男性一样，不能有太多牵挂。而女性对家庭那份做女儿、母亲、妻子的责任也是不容缺位的，这些如琪也想做得很好，这来自她的本心。她真想把时间拉得长一些，让自己能得空把一切都做好，哪怕白天上班没办法做，晚上她也要挤时间去做好。无数个深夜，在坚持做完一切后，她会累得先倒在沙发上睡上一阵，略微恢复了再起来洗漱。如琪觉得有很多话是没法向别人说的，哪怕是洪阳也一样。他离开体制有些年头了，会把很多事看得很简单。你有情绪也没法宣泄，别人还等着你去做思想工作呢。所以如琪有委屈从不期待别人帮助释怀，因为你的委屈在别人眼中可能就是你的不足。渐渐地，她变得很坚强，而且也越来越习惯这样。以往的幽默辛辣似乎都没有了，剩下的只是大度、宽容，以及沉默。

眼下，女儿就要期末考试了，如琪知道无论如何不能影响女儿，所以面对洪阳的爆发，她只有继续沉默。她知道这会更加激怒洪阳，但也只能这样了。她很想立刻躺倒在床上，但还没有去和女儿说话。她在门上轻轻敲了几下推开了门，女儿扭过头来的眼神有些受惊吓，显然已经听见了洪阳的怒吼。如琪上前摸了摸女儿的头，女儿的头发和自己一样，也是又细又软又密，她好久都没给女儿梳头编辫子了，其实那是如琪最喜欢做的一件事，也许那正是她自己内心深处的公主梦。在女儿小的时候，如琪总喜欢把她打扮得美丽时尚。那时刻，她有种非常满足的幸福感。现在，女儿就要长大了，她不想让女儿看到现实中的种种矛盾，还是等她大一些再去了解吧，你怎么能给她讲清楚那么多的道理呢？就算讲得清，又该让她怎么面对那么复杂的情况呢？她轻轻地抚着女儿的头，叮嘱她做完作业抓紧休息，然后默默退了出来。

洪阳的气还没消，独自坐在一边看电视。如琪没有精力给他做解释，她还在想着母亲的身体能不能经受穿刺检查，她觉得自己帮不上母亲，心里很难受。

第二天下午，如琪心情沉重地赶到医院。如家人担心的那样，穿刺手术才刚刚开始，母亲就出现心脏异常的情况，只能立刻停止。母亲从手术室被抬出来的时候，脸色苍白，满脸痛苦。但如琪心里的一块石头反倒落地，她一直担心母亲的心脏承受不住穿刺手术的折腾。当天晚上，一家人守着母亲坐了很久。

回到家里已经是深夜，女儿睡了，洪阳看见如琪又是一身疲惫地推门进屋，给她把热茶递到了手上。如琪感到很温暖，她知道，如果没有洪阳的支撑，自己真的会扛不住。

在医院住了一段，母亲的情况总算稳定下来，出院回到了家里。女儿的期末考试也结束了。这天是周末，天气很好，如琪一家人难得轻松愉快地去看望父母。女儿挽着洪阳的胳膊走在前面，清晨的太阳把父女俩的头发照得透亮发光。出门前如琪帮女儿梳了一个独辫甩在脑后，女儿喜欢运动，腰肢灵活，走路蹦蹦跳跳的，辫梢一摇一晃很是可爱。如琪好喜欢女儿这种杨柳小蛮腰的美丽健康模样，不自觉地自己也下意识地挺了挺腰，很快又暗笑起来，紧追了两步上去把手搭在女儿肩上，一家人快乐地来到了如琪父母家。

第十三章 岁月不如歌

父母家里还有来探望母亲的小姨。小姨与母亲的年龄差距不大，姐妹俩都已经头发花白。小姨也带来了自己的孙女，年纪与如琪的女儿差不多。如琪回忆起家里早年的相簿里，母亲和小姨年轻时候的照片。那时母亲和小姨都在读师范，两人穿着旗袍，秀发齐肩，手里各自拿着那个时代最有标志意义的书卷。母亲很知性，小姨很清秀，当年都是脱俗靓丽的女子。如今，一切都烟云似的过去了，她们就这样归于平淡，归于平静。父母这辈人经历了太多艰难，现在总算好了，有儿孙陪伴，家国安宁，衣食无忧。看着孩子一样欢喜的父母和小姨，如琪内心充满了感动，觉得自己想要的原本就是这样的岁月静好。

第十四章

真水无香

一

又是一年过去了。一年下来，全省法院的案件仍然持续大幅上升，法院工作越来越被社会关注，省法院也在全省法院开始了以办案质效为重点的考核。

在省法院的考核工作汇报会上，院长听了汇报很满意："市法院名列前茅不容易呀，他们那里的任务全省最重。曾经有人向我反映说市法院的考核搞得内部很有意见，但市法院还是坚持下来了，成效很明显，应该好好总结一下。"

没过几天，省政法工作报登载了一篇《论审判管理科学化要把握好的几条原则》的文章，作者署名是郑伟杰。省领导还对此作了批示："这个法院抓审判管理科学化的工作值得关注。"显然，领导很赞许。

市法院工作成绩在全省名列前茅，高副院长很为如琪高兴。

其实他内心一直有个考虑，那就是自己快到退休年龄了，他想举荐一个优秀的接班人，如琪在他心目中排第一。当然以他的稳重性格，时机不成熟他是不会轻易提出的。而现在，离退休的时间越来越近了，他决定找院长谈谈。看见高副院长出现在办公室门口，院长立刻起身招呼他。院长是换届后到省法院工作的，时间虽然不长，但他们两个人之间已经很好地建立起了相互信任、相互支持的工作关系。

"院长，过了这个月我就该退休了，感谢您对我的信任，我也很满意我的工作环境。说实话，工作了几十年也的确感到很累了，马上要离开，我没有难以割舍的感觉，倒是有一种想好好休息放松一下的期待。"

院长年纪比高副院长略小一点，看着高副院长清瘦疲惫的脸庞，还有眼眸里流露出的些微潮湿的光泽，他深以为然地点了点头。

"我想向院长推荐适合接我工作的人。"

院长注意地看向高副院长，会意地等他说下去。

"我推荐市法院的汪如琪。市法院的工作考核已经连续几年排在全省法院前列。汪如琪院长有强烈的责任心和使命感，总想着把工作做到最好，是一位值得信任，担得起重担的同志。"

"她是不是有些主观强势，当副手会怎样？"高副院长的建议非常契合院长的考虑。但院长想到了反映市法院有人不服从管理的事。

"她做法官时就是位非常优秀的审判长，善于听取合议庭每一位成员的意见，也带出了优秀的团队，这点我很了解。"

第十四章 真水无香

院长也深知，法院一把手这个位置虽然不问性别，但没有坚强的意志力肯定不行，主观强势在所难免。院长没有说更多，只是站起来有力地握着高副院长的手说："好的，谢谢你！"

高副院长退休不久，很快就传出汪如琪要到省法院的风声。如琪并不在意，因为要提拔她的消息已经被传过多次，有的传言甚至说那个职位仿佛就是为她设置的，因为所有的条件都那么符合她，以至于一向不传小道消息的心蕾都曾打电话问过她，是不是要到别的厅局去任职了，但结果去的都是别人。

二

郑伟杰也打听到了，自己在报上发表的文章确实引起了重视，领导还作了批示，但除此之外却未见引起什么动静。其实郑伟杰并不想离开市法院，只是在汪如琪手下工作太辛苦，也有些憋气，他觉得如琪压了他好多年了，好不容易她出了市法院，结果又回来了，而且还当了自己的顶头上司，幸亏自己已经当上了副院长，不然还不知道是个什么情况呢。汪如琪比自己年轻，这决定了自己在市法院已经没有上升空间，不如趁还有些时间，换个地方去干，看有没有新的机会。现在听说如琪可能调走，郑伟杰内心十分激动，觉得机会太好了，他要争取能接上如琪的班，于是开始更加起劲地工作，同时也更加上心宣传这几年市法院在如琪领导下发生的深刻变化。

在一次聚会打牌的时候,看他那么气定神闲,牌友就问:"你有什么好牌在手,似乎稳操胜券?"

郑伟杰知道他话里的机锋,微笑着说:"是不是一手好牌,就看上家打什么。"

"我看你最近干工作很积极,而且一心一意,以为已经从阴谋家变成了实干家,结果还是阴谋家呀。"

郑伟杰立即正色对这几个很铁的牌友说:"听说上边要来考核汪如琪做省法院的副院长,她走了,我就要争取做市法院的院长,我有这个资格。所以,我们要支持汪如琪到省法院,这样我也才有机会。"

几位牌友手上停了一会儿,随即连连点头冲着郑伟杰说:"这你大可以放心。"那位去找如琪理论的人也在其中。

如琪要到省法院任职的传言很快变成了现实。

刚过完国庆节,省里对如琪的考察组就到了市中院。考察组在院机关进行了广泛谈话,那位曾找如琪理论过的人也在其中。他记得郑伟杰的提醒,满脸诚恳地谈了许多如琪来后的变化,表达了对如琪的敬佩。

考察组的同志笑着问他:"听说你曾经当面向汪院长提过意见?"

他很敏感,知道对方指的什么事情,立马说:"有这事,有这事。我工作没干好,没有得到提拔,但我也没添什么乱啊。过去

第十四章 真水无香

我这样的情况论资排辈确实可以得到解决，要说有意见，就是对老同志不够照顾，我们也是辛苦了一辈子嘛。"他还是忍不住提了意见，但又很快说，汪院长是个非常坚持原则的人。

小常已经是副庭长了，他对考察组说："别人都说我是市法院的先进典型，因为汪院长来的这几年，我办案立了功，在考核和提拔时都得到了体现，当了审判员，又被提拔为副庭长，但我们院里沉淀的年轻人还有很多，看得出院长还是有些顾虑的，对老同志还是有所照顾。大家希望能有更多的年轻人能脱颖而出。"

郑伟杰在谈话中全面地讲了如琪这几年的工作成效，还有他作为如琪主要副手从中体会到的不易，谈到大家共同努力成就了今天的局面，他甚至有些激动，犹如场面再现，考核组长都被他深深打动了。

如琪是最后一位被找谈话的。考核组的领导请她谈谈这几年主要抓了哪些工作。一时间千头万绪，但作为法院院长，最重要的责任就是维护司法的公平正义。如琪觉得这几年，自己做的一切都是围绕这个核心在始终不渝地努力。

如琪提纲挈领地向组长汇报了这几年自己主抓的几项主要工作和效果。她的沉稳中透着自信。

谈话快结束了，组长告诉如琪工作会有变动。尽管都知道变动的走向，但组长却并没有讲明到哪里，他只是接着问如琪，如果离开市中院，谁来这里接她的位置比较好。

这个问题如琪太关心了，不过她明白，对自己的询问实际就是在对郑伟杰的了解。因为按照通常情况，常务副院长是院长人选的重要考察对象，她知道郑伟杰的期待。但如琪对郑伟杰太了解，如果仅从一般要求来看，用他也算过得去，他毕竟在市法院工作了几十年，情况很熟悉，虽然有反映他常与人在一起吃吃喝喝，但还没有其他不廉洁方面的反映。他干工作的推动方式就是吃喝、与人套近乎。这些年虽然市法院的风气改变了，但有些人还是不适应，还想过清闲的日子，一旦懈怠下来，刚刚形成的良好风气和机制作用就会被破窗。如琪很诚恳地建议在一个更大的范围进行挑选。其实她心里是有人选的，那就是省法院的曾心蕾。但无论郑伟杰还是曾心蕾，如琪认为自己现在都不宜提出。特别是郑伟杰，她也听说有省领导对他那篇登报的文章有批示，她觉得自己不是圆滑，不把郑伟杰作为院长人选提出，其实已经表明了态度。

考察组的几位同志在一起碰了头，情况是一致的，如琪得到了几乎一致的好评，就是曾经有过意见的人甚至被处理过的人也对如琪给予了肯定。组长在碰头会上有些调侃地说，这么高度一致的好评真的很难得，好像有人做过工作似的。

考察组这次也带着对现任班子情况进行摸底了解的任务。只是想不到郑伟杰的呼声竟然不如小刘副院长的呼声高。但考察组组长对郑伟杰还是有好印象的，觉得一位资深领导，在年轻女院长的领导下没有怨言地做了那么多工作，境界还是很高的，而且也有能力，这个院里的具体工作他担当了很多，也确有成绩。

第十四章 真水无香

三

考察组长把考察的情况向省法院院长做了汇报。院长对如琪的考察结果早有预判,但这么众口一词也有些没想到。他知道选如琪不会有问题,但谁来接任如琪,这让他沉吟思考。听起来考察组长对郑伟杰的印象还是不错,但汪如琪没有提出具体的人选建议,那一定是有考虑的,她不是一个没胸怀的人。市法院的工作对全省法院来说影响重大,院长决定亲自听听如琪的想法。

这天,如琪按照省院院长安排的见面时间来到省法院的小会议室,院长略晚了一会儿。看见院长进来,如琪赶快站了起来。现在的如琪已经褪去青涩,全身由内而外地焕发着自信和练达。

院长与如琪隔着桌子相对而坐,开口说:"考察组已经到你们那里去过了,情况你也清楚,今天请你来谈谈市中院院长的人选,你有什么建议?"

如琪知道市中院在全省的份量。她诚恳地对院长说:"市中院现在处在一个转折发展期,司法需求的增加在市法院尤其突出,毕竟那里是全省经济最活跃的地区,而且新类型案件很多,办案压力很重。这几年市法院建立运用了系统的考核管理制度,对审判工作实行科学化管理,现在的工作局面很好,但还有许多完善健全的工作要做,否则刚鼓起来的劲可能就会又泄下去。我向院长汇报这些情况，是想说明这个岗位需要一位有改革思想又实干担当的领导。"

院长感受到了如琪的拳拳之心，但如琪还是没有回答他的问题。

"既然这样，班子里的同志都在共同努力，工作思路是相通的，你那个副院长郑伟杰怎样？"

"他的问题在于只想着过得去就行。"如琪也坦率地向院长作了回答。

"那你认为谁更合适？"

如琪有些犹豫，因为在她心目中心蕾是最好的人选，但大家都知道她和心蕾的关系不错。

院长看出了她的犹豫，但还是在等她。

"我觉得省法院的曾心蕾庭长适合，不过也可以在全省的中级人民法院院长里考虑交流任用。"如琪想，自己不是出于私心，相信院长是理解她的。

"谢谢你。"听了如琪的意见，院长亲切地把手伸出来跟如琪握了握，把她送走了。

这时已经过了下班时间，省法院的办公大楼没有什么人了。如琪下意识地转脸看向自己当年的那间办公室，却意外发现灯亮着，现在那是心蕾的办公室。如琪心里格外高兴，立刻走了过去。她轻轻推开了门，却听见心蕾在里边大笑着说："我等你好久了。"

心蕾正惬意地靠坐在椅子上，手里拿着本杂志。

"领导来了？"

第十四章 真水无香

工作中当下级对上级来的领导记不住职务或名字时,就常常会以"领导"的称呼把那些尴尬遮掩过去,还有的是因为对情况不摸底,反正看着挺有来头的,也会以一句"领导"的尊称来表达敬意。其实如琪挺不喜欢别人称自己"领导",尤其是自己工作部门的同志,她觉得那样叫透着一股俗气和媚气,心蕾也从不这样叫她。但今天这样叫自然是心蕾在调侃,她不会在意,而且立刻回击:"谢谢省院领导的关心。"

心蕾最近被选拔为省法院审判委员会的专职委员,这是对本院法官最高水平的认可,级别也比当庭长时提高了。

如琪在心蕾的桌子对面坐了下来。

"听说你要来,就在等你了。"心蕾说。

如琪有些惭愧,其实今天过来她并没有准备找心蕾,省院的人都知道她们的关系,她又希望心蕾能去市法院,所以不想主动过来,想要避开旁人说闲话。

"什么时候回来?"心蕾问如琪。

"应该很快。"

"市法院这么大的摊子,交给谁呀,要选一个能干的才行。这几年你在那里我们都觉得工作顺畅多了,而且办案水平也在上升。不过,可千万别是你们那位常务副院长,他只答应,不落实。你知道吗,我们私下都叫他'郑答应'。"

如琪听了不禁笑出声,她觉得这太符合郑伟杰的特点了,他就是这样,答应之后搞选择性执行,难办的就先放着,最后不了了之。

"他至少也是人选之一吧。"如琪说。

心蕾一听，那股认真劲又来了："论资历和对市里情况的了解熟悉，他是有优势的，毕竟在这个位置上有些年头了，干工作虽谈不上胜任，但也没有大的纰漏，这是他的运气，因为院长太能干了。所以在一般人看来，他是一个可以守成的领导。但我真的担心如果是他当一把手，也守不了成。"

如琪在心里叫到，太一致了，看法如出一辙！

心蕾继续着她的分析："不过你在那里实施了新政，管理上做了很多制度性的建设，好比又重新把房子搭建了一次，让房子更美观坚实好用，你离开了，后面的人注意维护一下就行，因为原来的基础和框架结构都还在。从这个层面上看，那个常务也有可能接你的班。否则要是再有一个像你一样优秀的人去做院长，那下一步岂不是要把市法院搞成全国优秀了，那大家得多拼呀。所以我分析如果考察他，你们市法院的人也会接受的。"

如琪觉得心蕾的分析也有道理，而且人也是会变的，如果郑伟杰真的到了院长的岗位，也许他会有所调整。想到这里，如琪多少有些释怀了。她盯着有些小得意的心蕾，猛不丁地对她说："你也是符合条件的人选，你小心，说不定这苦差事就落在你头上。"

心蕾反应很快，她调侃地说："你千万不要徇私情啊，在你眼中我是优秀的，在别人眼中我就是一个只懂办案的法官，没有情商，不能做院长。你刚才说，那是一个苦差事，我也是这样认为的。虽然有许多人不这样看，总觉得权力炙手可热，喜欢追求。

第十四章 真水无香

但他们往往看不见为此要做的付出，譬如属于自己的时间，还有别人向你求助时的断然拒绝，即使可能真的需要你的帮助，那也只能要求他回到原点，因为你的任何表态都可能被认为是在利用职权。你会堆积得到很多很多误解，但如果没有这些付出，就不配在这个位置上，最后只剩下高冷的你。譬如现在，就只有我在给你聊点闲话了。"

心蕾太犀利，如琪很感慨。

"我喜欢现在这样，做自己喜欢的事情，有自己的时间，别人也不会来纷扰我。看着你在市法院奋斗的时候，有时我也暗自庆幸，幸亏当初下去的是你不是我。"

如琪笑着说："别把自己弄得跟大家闺秀似的，真把你放到市法院去，你也会照样拼着劲搞到更好。我还不知道你呐。"俩人都开心地笑了。

心蕾自己开车回家，如琪想自己走走，俩人下楼后分开。街上的路灯已经亮了，路边的小吃店正是人声鼎沸的时刻，跑堂的正忙着来来回回上菜，客人们宽衣搭腿放松惬意地靠坐着，灯光照着食客们油光光的脸，桌上酒杯中荡漾着自酿酒的浅浅黄色，市井的烟火气随处可见。这是人们一天里最愉快的时光，暂时没有了紧迫感，不必行色匆匆。如琪被眼前的浓浓生活气息感染，突然意识到其实人生的阶段也是这样，比如现在，她要把前面的工作交出去，而新的工作还未上手，恰是一段难得的轻松时光。这些过去她从未刻意停下来打量的街边小店，此刻却让她放慢了脚步。

就在如琪要走出那条烟火小巷转到大路时，一辆轿车突然停在了她身旁。如琪看到，驾驶座上下来的是程红。

程红笑着说："果然是您！请院长上车，我保证安全送您到家。"

眼前的程红，西装挺括合体，虽看不出特殊在哪里，但就是透着一种不露声色的时尚做派。想到多年以前与自己一块儿四处办案时的程红，现在的他真是从里到外脱胎换骨了。那些窘迫局促完全不见了痕迹，甚至此时的程红与去年都不一样了。那时的他西装虽然也不错，但却更像工作服，完全不像现在这么讲究。那时他人也微胖，总会有一些长一点的头发垂到额前，看得出正处在一个比较忙碌的阶段。而现在的程红不仅衣服考究，连人也挺拔了。洪阳的个子比较高，他是如琪看人的参照。眼下如琪感觉程红高了许多，好像快要有洪阳那么高了。本来她想自己走走，但程红诚意请她上车，不好再拒绝，于是上车了。

上了车如琪发现，这辆车也很讲究。她虽然不太懂车，但她看得出比自己在市法院乘坐的那辆好多了，坐着特别舒适。车的密封和装饰非常好，开动以后与外界的联系立刻割断，车内一片静谧。如琪虽然不那么有好奇心，但还是脱口而出地问道："换新车了？"

"也算是为自己做包装，打广告吧。"程红说。

"还需要打广告吗，你现在做得很好啊。"这如琪是了解的。

"我算转行了。"

如琪听了有些惊讶："不做律师了？"

第十四章 真水无香

"倒不是,我现在主要做上市公司这一块,为申请上市的公司做法律审查,出具审查报告。这几年上市公司发展很快,这方面的业务逐年增加。都是些有实力的大公司,人家也要找有影响力的大牌所,我这个所名声还不错,我呢,也要把自己的形象往上市公司这面靠,得让人家有认同感不是。"

"那你不做诉讼业务了?"如琪问。

"基本不做了,至少这一阶段是这样。不做诉讼业务,我有一种解脱的快乐,你现在是领导肯定感受不到。我如果一直在法院也会是资深法官了,就是做律师,也算资深律师。但现在的年轻法官很多,有的很盛气凌人,他们的态度常常让我生气窝火。其实做律师也有好多难处,我只是从不向你说起。我知道你对法官的要求,你一直在尽力,现在我差不多算告别辩护律师的职业,不然还是不会向你说这些。"

如琪沉默良久。她是知道情况的。

"你怎么突然转做上市公司这一块?"如琪问程红。

"这还要感谢你。"程红说。

"与我有什么关系?"如琪很迷惑。

"慕总上次来打官司的时候,他的那家公司正准备申请上市。他和我聊了一次,也许觉得我这个所的水平实力还可以,就问我愿不愿意做这个业务。其实我也没底,但想试试,就接了,结果双方都很满意。他们的公司上市了,我的雪球效应也有了。现在我的律所做这方面业务必须全员投入,所以干脆就不做诉讼业务了,当然经济效益也很好。你是慕总的好朋友,如果你不在法院,也许他就不会亲自过来，我就不会有这个转机了。"

说话间车已经到了如琪家楼下，如琪下车时想起问程红："慕青现在做的是什么公司？"

"互联网产业。对了，明天的中央电视台会播放在乌镇召开的世界互联网大会，慕青在会上有个嘉宾发言，你记得看看就了解了，他真的不错。"

四

洪阳知道省院院长今天下午约见如琪，他在等着如琪回家。女儿也要一块儿等。如琪一推门见父女俩都在等她吃晚饭，赶紧坐到了饭桌前。她和洪阳边吃边聊，讲了与院长谈话的情况。她问洪阳："你觉得可能是谁去接任？"

洪阳说："我觉得很简单，肯定会选郑伟杰。"

"那为什么？"

"因为市里觉得郑伟杰还不错，也会积极推荐的。他只要没有明显过不去的地方，论资排辈就到他了，何况他也得到了领导的有力推荐。"

洪阳觉得应该提醒如琪，不必那么坚持己见。洪阳现在也是公司管人力资源的副总了，更加沉稳低调，人多的场合不喜欢多讲，几乎完全没有了当年在编辑部的那种书生意气，看问题更现实了，讲求实现的可能性。如琪也很感叹，社会就是课堂，生活就是教科书，如果洪阳还在杂志社，那一定没有现在这样的转变，可能还是那样暮气沉沉，她真的庆幸洪阳当年做出的选择。

  如琪没有忘记程红说第二天有慕青的论坛发言。慕青是个一向按照自己的兴趣和意志行事的人，也可以说是个充满激情的人，他恰逢了一个变革的时代，这反而成就了他。如琪觉得他真算是时代的宠儿，喜欢经济，就幸遇经济发展大潮；喜欢成功，就在奋斗中成功，真是一场属于自己的酣畅人生。

  第二天吃完晚饭，如琪找到了那场正在转播的盛大论坛。慕青在台上发言的画面一闪而过，没有声音，但他演讲的主题如琪看到了，是《互联网与我们》。主持人介绍说，来自国内互联网企业的领军人物们各自在论坛上对互联网的创新发展做了精彩展望。发言席的背景宏大深远，每个主讲人都被置于广阔的空间里。镜头拉近时，慕青的面孔清晰地出现在如琪眼前，就好像曾经无数次出现过的一样。如琪对这份突然而至满心欢喜。短短几秒钟，相互之间好像又有了一次隔空的对视交流。如琪再次看透了他的内心，还是二十多年前的那种锐气，还是那个她喜欢和信任的样子。

  不久，市法院召开大会宣布了如琪的调任。大家报以热烈的掌声。会上也宣布，随后将由常务副院长郑伟杰主持全院工作。如琪觉得也许这是当下最合适的决定，给了郑伟杰一个机会，希望他能担当起来。

五

汪如琪到省法院副院长任上上班了,她的办公室正是原来高副院长的那间。推开房门,如琪带着敬意在门口停下了脚步。室内已经被打扫得非常干净,高副院长用过的书柜还在,里边的书已全部搬空。恍惚间,如琪仿佛又看到了当年自己第一次走进这间屋子时的情景,看到了放在书柜一角的那张静静开放的栀子花照片……那是一个心性坚强的男人绵延几十年的爱情证物。此刻,屋内仿佛依然暗香浮动,如琪内心的吟诵在向高副院长致敬:'兰之猗猗,扬扬其香。不採而佩,于兰何伤?'这是如琪心目中高副院长的写照,一位有高尚情操和志向,将毕生精力和才华都献给了司法事业的法律人。

办公桌上新配了电脑、打印机,如今省法院也开始在试行无纸化办公。如琪再次想到了慕青那场发言的主题:《互联网与我们》。是啊,又是一个新时代,一切都将会有新的发展!